心を洗う

SBIホールディングス代表取締役社長
北尾吉孝
Yoshitaka Kitao

心を洗う

はじめに——敬の一念を持つ

（2019年7月18日）

敬を知り、恥を知る

明治・大正・昭和と生き抜いた知の巨人である森信三先生は、『修身教授録』の中で次のように言われています。

師説を吸収せんとせば、すべからくまず自らを空しうするを要す。これ即ち敬なり。故に敬はまた力なり。真の自己否定は、所謂（いわゆる）お人好しの輩と相去ることまさに千万里ならむ。

ここで先生が言わんとしているのは、誰かに非常に傾倒し、その人から長所を出来るだけ取り入れようとする、言ってみれば、その人に感じる「敬」の気持ちに対し、その対極にある「恥」の気持ちを抱く中で、自分をある意味否定して行く、ということではないかと私は思います。

但し、森先生はそれを単なる表面的な自己否定ではなくて、自分が敬と感ずる他者の点を同時に自分の恥と思い、他者の優れた点を徹底的に真似して自分の悪い所を排除しよう、といった一種の決意を「真の自己否定」と言われているのではないでしょうか。

私が私淑するもう一人の明治の知の巨人・安岡正篤先生は、「人の人たるゆえん」として、此の敬と恥という言葉を挙げておられます。先生は之に関し、『照心講座』の中で次の通り述べておられます。

敬という心は、言い換えれば少しでも高く尊い境地に進もう、偉大なるものに近づこうという心であります。したがってそれは同時に自ら反省し、自らの至らざる点を恥づる心になる。省みて自ら懼れ、自ら慎み、自ら戒めてゆく。偉大なるもの、尊きもの、高きものを仰ぎ、これに感じ、憧憬れ、それらに近づこうとすると同時に、自ら省みて恥づる、これが敬の心であります。

人間というのは本質的に、敬と恥の関係を常に有しているものです。此の敬と恥が相俟って醸成されてくる「憤」の気持ちが、大きくは万物の霊長としての人類の進歩を促し、また個人については、自身を段々と変え、成長させて行く原動力にもなります。
それがため敬を知り、恥を知らねばならず、之は人間誰しもが持っている気持ちです。そんな敬と恥を自らの内に覚醒させるべく、出来るだけ若いうちに心より師事するに足る人物を見つけ出し、その全人格を知ろうと大いに努めれば、そこに自分が良き方向に変わり得る可能性が生まれてくるのだと思います。

師の教えを血肉化する

安岡先生は之に関し、『運命を開く』の中で次のように言われています。

人間はできるだけ早いうちに、できるだけ若い間に、自分の心に理想の情熱を喚起するような人物を持たない、理想像を持たない、私淑する人物を持たないのと、持つのとでは、大きな違いです。なるべく若い時期に、この理想精神の洗礼を受け、心の情熱を燃やしたことは、たとえ途中いかなる悲運に際会しても、いかなる困難に出会っても、必ず偉大な救いの力となる。若い時にそういう経験を持たなかった者は、いつまでたっても日蔭の草のようなもので、本当の意味において自己を伸ばすということができない。ことに不遇のときに、失意のときに、失敗のときに、この功徳が大きいものです。

あるいは、森先生は冒頭に挙げた『修身教授録』の中で、次の通り述べておられます。

真に自分を鍛えるのは、単に理論をふり回しているのではなくて、すべての理論を人格的に統一しているような、一人の優れた人格を尊敬するに至って、初めて現実の力を持ち始めるのです。同時にこのように一人の生きた人格を尊敬して、自己を磨いていこうとし始めた時、その態度を「敬」と言うのです。それ故敬とか尊敬とかいうのは、優れた人格を対象として、その人に自分の一切をささげる所に、おのずから湧いてくる感情です。

私の場合、『論語』を中心とする中国古典、あるいは右記した明治時代の二大巨人、森信三、安岡正篤といった方々が私の師ではないかと考えています。自分の範とすべきものがあり、その人物は如何にしてそうなり得たか等々と学ぶことで初めて、自分もその人物に近付こうという思いに駆られることになってきたわけです。

目の前で師と触れ合い、師の呼吸を感ずるような状況、すなわち師と仰ぐ人の謦咳に接することが一番望ましいのは言うまでもありません。しかし小生のように残念ながらそれが叶わぬ場合は、師と定めた偉人の書を読み込み、その様々な教えを通じて学び、それを血肉化して行くことが非常に大事だと思います。そしてまた、敬の対象が歳と共に変化して行くようでないと、人間としての進歩はないと私は考えています。

最後に本ブログの締めとして、森先生の次の言葉を紹介しておきます。

自分の貧寒なことに気付かないで、自己より優れたものに対しても、相手の持っているすべてを受け入れて、自分の内容を豊富にしようとしないのは、その人の生命が強いからではなくて、逆にその生命が、すでに動脈硬化症に陥って、その弾力性と飛躍性とを失っている何よりの証拠です。（中略）尊敬の念を持たないという人は、小さな貧弱な自分を、現状のままに化石化する人間です。したがってわれわれ人間も敬の一念を起こすに至って、初めてその生命は進展の一歩を踏み出すと言ってよいでしょう。

以上は、２０１９年7月18日の私のブログ（北尾吉孝日記）で、「敬の一念を持つ」として記したものです。

私はこのブログを、２００７年4月12日から書き続けています。すでに12年目に入っているわけですが、日記の内容は様々な分野に拡大しています。また、現在ではフェイスブックでも公開しています。

本書は２０１８年9月から２０１９年8月までのブログで、再構成はしていますが、基本的に原文通りとしました。

本書のタイトルは「心を洗う」と致しました。「洗心」の二字は、神社の拝殿前の御手洗（みたらし）の水盤に彫られたり、禅語の茶掛（ちゃがけ）として用いられたりしていますから比較的良く知られる熟語です。

この語の出典は、古代中国の『易経』です。『易経』は四書五経に挙げられる儒教の経典です。

この『易経』の「繋辞上（けいじ）」に「聖人は此（ここ）を以って心を洗い、退きて密に蔵（かく）れ、吉凶民と患（うれ）いを同じくす」とあります。また『後漢書』の「順帝紀」に「洗心自新（心を洗いおのずから新たなり）」という句があります。

「洗心」の字義は説明するまでもないことですが、「心の塵（ちり）を洗いおとすこと」、「心の煩（はん）累（るい）を洗い去り浄めること」で、簡単に言えば、心の汚れ、雑念・執着を取り除くことです。

我々が朝起きて顔を洗うのも、日に何度も手を洗うのも、神社でお参りする前に手や口を清めることも、茶席に着く前に手を洗うのも「洗心」の行の一つと言えるかも知れません。

しかし、「洗心」の為の最も大切な行は人格陶冶に向けた不断の努力です。陽明学の始祖である王陽明（１４７２～１５２９年）の言葉を借りると「天理に純にして、人欲無し」といった状態を目指し、先哲から学び、知行合一的に事上磨錬していくのです。こうしたことを陽明学では「良知を致す」と言います。

聖人とは、個の良知を純粋に体現して、心の欲する所に従って矩を踰えざる（自分の思うがままに行っても、正道から外れない）に至った人であります。我々凡人はせめて日々反省・洗心し、それぞれの良知に従って行動することに努めねばなりません。

私のブログをお読みになり、もし得るところがあれば、血肉化し、皆様方の実際の日常生活の中でそれが行動に移されるようになれば、私として望外の喜びです。

本書が読者の皆様の日々の修養の一助となれば、幸甚であります。

２０１９年10月吉日

北尾吉孝

心を洗う——目次

第1章 我執を捨て去り、職分を果たす

第2章 先哲の言に学び、人間力を鍛える

第3章 日本政治の有り様を問う

第4章 人生、如何に生くべきか

第5章 時代を見つめ、思惟を巡らす

装丁／折原カズヒロ　編集協力／エディットセブン

第1章

我執を捨て去り、職分を果たす

有能な公務員とは

（２０１８年９月14日）

公務員とは公僕である

アゴラに「役に立つ公務員、役に立たない公務員」（２０１８年７月23日）という記事がありました。公務員であるこの記事の筆者は、その線引きについて左記のように述べています。

自分が担当することに責任を持たない（無責任・他人事）のは論外ですが、惜しいのが自分の担当にしか責任を持たない人。自分が担当することは一生懸命に取り組みますが、それ以外のことは無関心だったり、住民等から質問されても「あっさり分かりません」と返してしまいます。（中略）担当外のことでも詳しい人に相談し、一緒に考えることの積み重ねでさまざまな人脈や知識が培われてきます。もう一歩踏み込むことが、「役に立つ公務員」と「役に立たない公務員」の違いのような気がします。

リンクモンスターの第4回「大学1、2年生が就職したいと思う企業・業種ランキング」調査（2018年8月24日発表）に拠ると、過去3回の調査において、いずれも公務員がTOP2を占めていた中で、今回初めて民間企業が2位に割り込む結果となったものの、「国家公務員」が3位、「地方公務員」は4年連続で1位となりました。

また、「大学3年生が就職したい企業・業種ランキング」を見ても、「地方公務員」が過去4回の調査全てで1位、「国家公務員」は直近3年続けて2位ということで、公務員は就職先として大学生に極めて人気が高いようです。そして、その理由には「安定」の類を挙げる向きが顕著ですが、そもそも公務員とは、公僕であるという気持ちがベースになければならないと思います。

国家公務員であれば、国家権力を持つようなことにもなるかもしれません。そうした地位や権力を得た場合は当然の如く、国家国民を第一に考えるという基本認識を持ち、公に仕えられる人が、役に立つと言えるのではないでしょうか。あるいは、地方公務員であれば、地域住民の為どれだけ知恵を絞り、汗をかけるか、役に立つか否かが、一つの決め手になるのではと思います。

何れにしろ、夫々の職場で公僕であるという基本認識の下、自分に与えられた仕事は此の社会の中で一体どういう意義があるのかを本当に理解しようと全身全霊を傾けて考え、そして、その意義を具現化する為に、あたかも流水が淀みなく流れるように、当面している仕事を次々と処理していく人が、有能な公務員ということになるのではないでしょうか。

金持ちになる人

（２０１８年10月３日）

天意を素直に受け止める

各種ウェブメディアには「誰もが知っておくべき！『お金持ち』になる６つの方法」（２０１８年９月17日）や、「『お金持ち』になる人となれない人の『小さな分かれ目』」（２０１８年６月７日）、あるいは「お金持ちになる人の４つの特徴～多くの富裕層を見てきた金融機関ＯＬが語る」（２０１８年７月29日）等々と、種種雑多な「金持ち論」が溢れています。私は基本、犯罪行為に手を染めない限りにおいて、お金というのは得ようと思って得られるものではないと思っています。

先ず、どうやってお金を得るかといったことを考えるよりも、日々与えられている仕事を一心不乱に兎に角やり抜くことが大事です。それが結果として幾らかの報酬に繋がり、また今度は更に大きな志を得られて、もっと世のため人のためになる事業をやりたい、というような境地に入って行くことにもなります。

世のため人のためを思い、志を抱いて必死になって努力するのであれば、誰にだって成功する可能性があるのです。そして成功すればお金が入ってくる、といったこともあるでしょう。他方、言うまでもなく、世のため人のためを幾ら思っても成功しないケースがあります。それは、それだけの分だということです。

『中庸』に、「君子は其の位に素して行い、其の外を願わず：君子というものはその自らの立場・環境に応じて自らを尽くし、他の立場や環境を欲したりはしない」とあります。富貴には富貴で、貧賤には貧賤で対応できるのが君子ですから、それはそれで割り切って行くということです。

一生懸命「位に素して行い」、また位が変われば其の位に素して行う——驕ることなく、また卑屈になることなく、自分の立場をきちっと弁えて、天意を素直に受け止め、与えられた範囲内で地に足を付けて淡々と生きて行く「素行自得」の生き方が正しいのだろうと思います。

また『論語』に、「死生命あり、富貴天に在り：生きるか死ぬかは運命によって定められ、富むか偉くなるかは天の配剤である」（顔淵第十二の五）という子夏の言があります。金持ちになるかどうかは、天の配剤としか言いようがないのです。但し、天意に沿わぬものは基本的には泡銭ですから、たとえ入ってきても直ぐに無くなって行くことでしょう。望まずとも偶々莫大な遺産が転がり込んできたようなケースは泡銭と同じで、詰まらぬことに使って直ぐに底を突くわけです。長期に亘って真にお金を得ようと思うならば、世のため人のためという志が大前提です。世のため人のためでお金を作った人は、また世のため人のためにそのお金を使うのです。

交渉の成否

（2018年10月11日）

巧詐は拙誠に如かず

BUSINESS INSIDER JAPANに以前、「交渉が苦手な人に送る、9つのアドバイス」（2018年7月1日）という記事がありました。そこには「専門家のアドバイス」として様々書かれているわけですが、第一に挙げられている「『交渉』は『ケンカ』とは違う」とは明らかで正にその通りだと思います。

交渉の基本は現代風に言えば、Win-Winの状況を如何に作り出すかということです。之は、相手の立場を思い遣る「仁」の思想に通ずることです。あるいは、正反合（ヘーゲルの弁証法における概念の発展の三段階。定立・反定立・総合）と進む中で、互いに納得できる妥協点を見出して行くものと言えましょう。中国古典的に言えば、より高次元の中庸に達すべく為(な)され、物事の平均値や中間点の類として捉えるものではありません。

交渉において私が一番大事だと思うのは、「巧詐（上手く誤魔化すこと）は拙誠（下手でも真面目）に如かず」と韓非子(かんぴし)が言うように、自身の利益だけを考えるのでなく相手の立場に鑑(かんが)み、真心を尽くして向き合っている、といった誠実さが相手に伝わるということです。

「『兵は詭道(きどう)なり』。つまり戦争・戦略というものはいかに相手をいつわるか、ということが根本である」とし、「敵」である交渉相手を如何に上手く騙すかと常々考えていたら、交渉などというのは失敗することはあっても成功することはありません。交渉を纏(まと)め、決着をつけようと思えば、拙誠が何よりも大事になるのです。

また、グローバルなビジネスをすると、肌の色や言葉あるいは顔付き等々全く違う人間とよく対峙します。例えば白人に対し、英語で話さねばならないというプレッシャーもあって、中々自分の意見を十分言えない日本のビジネスマンも多いですが、そんなことを気にする必要は全くないと思います。

相手は母国語ですから、英語が上手くて当たり前です。「辞は達するのみ」（衛霊公第十五の四十一）と『論語』にもあるように、上手い下手関係なしに言葉の意味が通じれば、それで良いのです。勿論、色々な知識を鏤めながら滔々と話が出来れば、それに越したことはありません。

しかしそれも、誠実さには及びません。一人の人間が他の人間と接した時、最も大事になるのは、言葉はたどたどしくとも、礼儀正しく謙虚に振る舞いながらWin-Winを模索するということであります。対人交渉においては、人間として立派だと相手に思われることが第一です。上手く巧みな言葉を幾ら使ってみたところで立派な交渉とは言えず、終局誠実さには及ばないのです。

勝負と執念

（２０１８年11月27日）

努力、誠実さ、粘りが運を呼び寄せる

「打撃の神様」と言われた川上哲治さん（１９２０－２０１３年）は、「勝負に強いか弱いかは、執念の差である」という言葉を残されているようです。之は、最後の最後まで諦めず、最大限の力を振り絞り、立ち向かって行く姿勢が結局、物事を成し遂げたり、勝負に勝つことに繋がって行くといったことでしょう。

私は嘗（かつ）てのブログ「為せば成る　為さねば成らぬ」（２０１６年1月29日）の中で、「勝ちきる人たち」には次の二点、「自分が掲げた目標に向かって様々なものを犠牲にしなが

ら唯ひたすらに突き進んで行くということ」、及び「例外なく運にも非常に恵まれるということ」があるのではないかと述べました。

此の運を呼び寄せるものとして、私は「努力」「誠実さ」「粘り」の三つが取り分け重要だと考えています。最後の最後に一頑張り、一粘り出来るか否かで、運を呼び寄せ、勝利できるかどうかが決するケースは結構あります。そういう意味で勝負強い人とは一つに、何事も簡単に諦めない粘りある人を言うのだろうと思います。

但し「勝負に強いか弱いかは、執念の差である」とは、ある程度実力を持った人にのみ通ずる話でしょう。実力のない人が戦いに挑んで負けるまで執念だけでやり抜く、というのは如何なものかと思います。従って昔から言われるように「人事を尽くす」、その結果として勝負に挑むといったことでなくてはなりません。

あるいは『孫子』に「夫れ未だ戦はずして廟算するに勝つ者は、算を得ること多きなり」とありますが、戦の勝敗は廟（祖先・先人の霊を祭る建物）で作戦会議を行う時に既に決しています。「算多きは勝ち、算少なきは勝たず」ですから、十分な勝算ある勝負か否かをきちっと考えなければなりません。

更に言うと「勝負は時の運」であって、その中で臨機応変に方向転換もして行くべきで「状況が変われば、それに応じて変われば良い」と思います。『易経』にあるように、「窮すれば即ち変ず、変ずれば即ち通ず」です。過去に執着するのではなく、誤りを認識したその時直ぐに代替案に移行できる等、常時フレキシブルに対処して行けるようでなければなりません。

以上、努力の限りを尽くしているか、相手に勝てる見込みは十分か、形勢変化に対する柔軟性を維持しているか――こうした事柄が、勝負における執念や粘りの価値を考える上での大前提だと思います。

起業を志す方へ

（2019年2月4日）

社会で果たすべき役割を知る

ダイヤモンド・オンラインに「起業したがる若者を本物かどうか見分ける4つの質問」（2018年10月）という記事がありました。筆者曰く、その質問とは、①何をするのか、明確になっているか、②事業のアイデアがあるとすれば、その事業のビジョンは何か、③その事業は、どうやって人々を幸せにするのか、④そのビジョンに向かって、何もかも投げ出してでも突き進むというパッションはあるか、だとしています。

此の筆者の下には相談に来る若者が絶えないようですが、冒頭の質問云々以前の話として私は、そもそも「起業したいのですが……」と誰かに相談する人は、一刻も早く起業を止めた方が良いと思います。何故なら人に相談して決まるような覚悟で以て、新しく事業を始め、成功を収めることなど出来るものではないからです。

「世のため人のためになる事業を何としてもやりたい」「この事業で俺は社会にこれだけ貢献できるんだ、いや、貢献したいんだ！」といった止むに止まれぬ気持ちがあり、夢を膨らませ、夢を抱き続けられる人こそ起業したら良いと思います。

私のところに相談に来る人に対しては、右記のように話をしています。勿論、業をスタートした上で「中々上手く行かないのですが、どうしたら良いでしょうか？」「自分のやり方は、何か間違っているのでしょうか？」等々の相談であれば、私は出来る限り乗ってあげるようにしています。

私自身は49歳の時、インターネットを活用した金融事業によって投資家主権、あるいは消費者主権を確立し、金融サービスの顧客便益性を高め、社会に貢献することが自らの天命の一つではないかと思えるようになり、起業を果たしました。

また、当時もう一つの天命として認識したことは、事業を通じて得た利益を社会に還元すべく、公益財団法人SBI子ども希望財団やSBI大学院大学、社会福祉法人慈徳院を設立し、直接的な社会貢献をすることでした。孔子ではありませんが、次世代を担う人物の育成こそが社会に対する最大の貢献になると考えたのです。

人間は社会的な動物であり、周りによって生かされています。そういう人間として生まれてきた以上、何か社会で果たすべき役割があるはずです。その役割が「天命」というものです。我々にとって天命を知ることは、生きる目的を知ることだと言っても過言ではないでしょう。

最後にもう一つだけ、世のため人のためと大志を有し起業する人、あるいは起業した人に伝えたいのは、棺桶に入るまで学を磨き続けねばならないということです。「知識の欠如」「実行力の欠如」「戦略の欠如」という『「三無」の先に成功なし』(2015年3月16日)と当ブログで幾度も指摘してきた通り、成功する上で専門的な知識等が必要になるのは言うまでもありません。

しかし、何よりも大事なのは人間学を修めることによって自らの身を修め、そして人間的魅力を高めて行くことではないかと思います。曾子(そうし)が「任重くして道遠し」(『論語』)

と述べているように、仁道を極めて多くの人を感化し、そして此の社会をより良くして行く任というのは本当に重いものであります。

独裁はするが、独断はしない

（２０１９年2月19日）

トップに求められる見識と能力

LIMOという経済メディアに「指示待ち人間ってどんな人？ 指示待ち人間にならないためにはどうしたらいいの？」（２０１８年10月5日）と題された記事がありました。本ブログでは以下、当該テーマより私が思うところを簡潔に申し上げて行きます。

例えば此の会社の此の部分の業績が悪いとした時に、自分が指示を出し「これをしろ、あれをしろ」と言うことはあっても良いと思います。しかし順番としては先ず、その部分を担っている人に「どうしたら業績が良くなると思うか」と先ず意見を出させることでしょう。

私のやり方は何時も最初に、「何故この部門は業績が悪いのか」につき、ヘッドから末端に至るまで全員にメールで送ってくるよう指示を出します。次に夫々の意見を踏まえた上で、私が如何に処すべきかを判断します。そしてそれに関して、「今度こうしようと思うけど、あなた達はどう思う？」と今一度意見を聞いてみます。

組織の誰かが「指示待ち人間」になっているのは、上に立つ者がそうしている部分もあるのではないでしょうか。右記の如く意見を求めたら返ってくるわけですから、先ずは上に立つ者は部下に求めたら良いのです。そしてその意見につき、自分の考えを定めて後また返す、ということを繰り返す中で、上司も部下もお互いに考えるプロセスが出来てきます。そうしたプロセスを作らないと、何時まで経っても指示待ちになってしまうでしょう。

他方、決断のプロセスについて、私は拙著『逆境を生き抜く名経営者、先哲の箴言』（朝日新聞出版）の中で取り上げた経営者の一人、近鉄（近畿日本鉄道）中興の祖と言われる佐伯勇氏（傘下１７０社の近鉄グループの元総帥）の節で次の通り述べました。

独裁するが独断はしない。このことは私の信条でもある。一つの決断をする際、いろいろな人に聞きまわり、あらゆる英知を集める。社内のみならず、外部の人も含め、さまざまな衆知を集める。しかし、決するときは独りで行う。最終の断を下す部分は断固として自分がやる。これができるかできないかで、経営者には大きな違いがある。（中略）独裁という言葉には政治用語で使う否定的なニュアンスがあるが、私がここで言っているのは最後の責任を誰がもつかということ。

『宋名臣言行録』に「事に臨むに三つの難きあり。能く見る、一なり。見て能く行う、二なり。当に行うべくんば必ず果決す、三なり」という言葉があります。事に臨み、処置するに当たりトップは、第一に見通すことの困難、第二に見通した後にきちんと実行することの困難、第三に実行すべきを素早く決断し、勇気を持って必ずやり通すことの困難、という三つの困難を克服し、最終的に決着をつけて行かねばなりません。

朝から晩まで「小田原評定」とも言うべき不毛な会議を重ね「議して決せず、決して行われず」というのでなく、果断な処置をとって物事を成就させて行くのがトップの務めというものでしょう。経営者、トップとは困難の中でも英知の結集はやらねばなりません。しかし同時に、どんどん決めて行かなければなりません。だからその分トップには、見識や能力が求められるのです。

礼を尽くす

（2019年3月11日）

日々の生活の中で、礼儀作法を鍛える

ビジネス上のやり取りで一番大切なことは、要点が端的にまとまっていることと、目的が明瞭であることだ。私が社内の誰かにメールを出すときは、シンプルに『イエス』『ノー』といったことを伝える。もちろん社外や目上の人に対して便りを出すときには、丁寧な文章が必要になるが、その二点を念頭に置かなければ、どんなに言葉を尽くしても意味のある便りにはならない。

右記は、3年程前にプレジデントオンラインで連載された「北尾吉孝社長の『はなまる文章、赤点文章』」の内、「挨拶メール『1通だけ』で相手を口説き落とすコツ」と題された記事の冒頭部です。メールにしろ、手紙にしろ、電話にしろ、一番良いのは「要にして簡」、即ち必要な事柄すべてを包含し、簡潔に纏められているものに尽きると思っています。

長文・駄文で何が言いたいのか全く伝わらない、ダラダラと何か喋っているが、何が焦点か全く分からない、といったことではいけません。ですから私の場合は、電話もメールも短いのです。但し、短くとも相手に対し非礼なきように、ちゃんと礼を尽くすということだけは、私自身がある意味心掛けていることでもあります。

拙著『実践版 安岡正篤』(プレジデント社)の第三章「一流の仕事人になる為に身につけるべきこと」にも書いておいた通り、此の礼について安岡先生は御著書『知命と立命』の中で、「およそ存在するものはすべてなんらかの内容をもって構成されている。その全体を構成している部分と部分、部分と全体との円満な調和と秩序、これを『礼』という」と述べておられます。

例えば会社というものは、年齢的にも経験的にも多様な人々の集まったheterogeneous（異種）な社会です。そこで、社員同士あるいは社員と会社の関係を円満に調和させ、秩序だったものにすべく、従うべき原則が礼なのです。私どもＳＢＩではそういう礼につき入社時より喧しく指導していますが、それでも中にはheterogeneousな世界にスムーズに入って行けない人もいます。

電話対応一つを見ても、それは顕著に表れます。内線電話の取り方などでも、礼儀作法がしっかりしていてソツがなく、伝言内容を的確に伝えられる人がいる一方で、残念ながら全くなっていない人もいます。陽明学の『伝習録』に「事上磨錬」という言葉があり、日々の生活の中で己を鍛え上げて行くことを説いていますが、礼儀作法もその一つと言えるでしょう。

ちなみに私の場合、メールでのカンバセーションを余り行いません。それは一つに、話しているときには、喧嘩をしたとしても速やかに訂正ができ、誤解が解けますが、対照的にメールというのは様々な事柄において誤解を生む種になったりしますし、書き物として残りますから直ぐに訂正するのが難しかったりするからです。

それからまた、人情の機微のようなものはメールの文面に表れてこないところがあり、それは実際に会って一緒に時間を過ごす中で表れてくるものですから、こういう時代においては尚の事、メール等のコミュニケーション手段を減らしface to faceの時間をもう少し持つようにする、といったことがあっても良いのではないかと私は思っています。

何れにせよ、人間生活の基本的な在り方とは、「礼に始まり礼に終わる」という武士道の精神にあります。他人を尊重するからこそ、社会生活が円滑に行くわけです。礼の徳とは社会の秩序や調和を保つ働きを持った徳のことであって、礼がきちっとしていない者に大きな仕事など出来るはずがないのです。

アントレプレナースピリットを持ち続ける

（2019年4月5日）

三昧の境地に入って事業化に努める

日本経済新聞に「国際特許出願、アジアが初の5割超、中国がけん引」（2019年3月19日）と題された記事がありました。世界知的所有権機関（World Intellectual Property Organization）に拠れば、昨年「2位の中国は9％増の5万3345件と、首位の米国（1％減の5万6142件）に接近（中略）。日本は3％増の4万9702件と前年と同じ3位」であったようで、日本も未だ「存在感を保っている」と書かれていました。

また同紙には1月下旬、「革新的企業、日本から最多の39社 米調査会社」という記事もありました。「保有する特許データを基に知財・特許動向を分析」したクラリベイト・アナリティクス（Clarivate Analytics）に拠ると、日本は「8回目となる今年度も、世界最大のイノベーションの先進地域としての地位を継続して獲得（中略）。米国からは33社が、ヨーロッパからは19社が選出」、中国からは3社が選ばれたようです。

右記記事の通り、特許という観点で見れば日本の所謂大企業は「世界的にもなお存在感は大きい」のが実態です。従って、巷間言われる大企業で「新しいビジネスが出てこない」等の議論は、当該観点よりは何故と思われる方もおられるのではないでしょうか。もし本当に出てこないのであれば、それは一つに特許取得に止まって、世のため人のため新しいものを事業化すべく一生懸命チャレンジし続けて行く、といった熱意が組織体としてベンチャーに比して足りていないのかもしれません。

私は三昧の境地に入って、朝から晩まで寝食を忘れて、徹底的に事業化に向けて頑張るということでなければ、換言すればアントレプレナースピリット（entrepreneur spirit）を無くした状態で、事業を興して行くことは無理だと思います。十分に給与等を貰って安住している大企業のサラリーマンが、自分の人生を賭けて取り組み、粘り強くやって行くのは難しいでしょう。つまりは技術の類だけの問題でなく、その人の熱意・経験・責任感・天賦の才、あるいは人物全てを総合した力の集積における問題だと捉えています。

拙著『強運をつくる干支の知恵』（致知出版社）にも書いたように、私は毎年最初の出社日に干支学を基に、その年がどんな時勢の変化の年になるか、それに対してどんな心構えで一年を過ごすか、会社がどんな方向に進み、どのようなことに気を付けて仕事をして行くべきか、といったことを社員に対し、話しています。此のアントレプレナースピリットということでは2005年、左記の通り述べたことを是(ここ)に御紹介しておきます。

我々はベンチャー企業から出発したわけですが、今やグループ内に公開企業が七社あります。そして東証一部上場企業もあります。こういう状態になってくると、だんだん官僚主義が蔓延(はびこ)り、意思決定のスピードも遅くなります。さらに我々は潰れない会社にいる人間なのだと思い、様々なことに油断をします。人間としても、会社としても傲慢になりがちなのです。しかし、私は、このグループはどれだけ成長しようと、ベンチャースピリット、アントレプレナースピリットを持ち続けていかなくてはいけないと思います。

もともと企業生態系という考え方から、小さな企業集団から形成される一つのグループとして、グループ一丸となって一つのベクトルに向かって進みますが、それぞれの企業が意思決定を別にしながら、迅速な経営判断をするようにしています。というのも、変動が激しい社会の中で勝ち残っていけるように、その中で働く者が常にベンチャースピリットを持ち続けながら働くことができるように、それぞれの会社の人的規模を大きくしないようにしてきたのです。皆さんは是非もう一度原点に立ち返り、このベンチャースピリットを持ち続けるということをよく頭の中に叩き込んでもらいたいと思います。

時代の変化を見据え、長期的視野に立つ

それからもう一つ、所謂「大企業のサラリーマン社長」には、「その特許を如何に使って事業化するか」や「これがマネタイズ出来るビジネスか」、そして先見性（先見の明、目利き力）と事業との関係、といったところを見極める能力が不足しているのかもしれま

せん。事業では確かな先見性を持ち近未来を適切に予測して、その変化に合わせて事業を展開して行くことが重要です。勝機を掴むべく、時間の経過と共に需要が増え、売上が伸びて行く事業に時機を得て取り組むということです。

結局どんな商売もタイミングが大事であって、有用な技術やアイデアが有っても、そのタイミングを間違えてしまえば上手く行きません。そればかりか往々にして、失敗してしまうことすらあります。いつ立案し、事業化し、世に投入するか――そのタイミングの見極めこそが、経営者の目に掛かっているのです。それは世のニーズや進歩等々、あらゆる面に気を配った上で行われねばならず、その勘所を持つには日頃より、思考の三原則、即ち、①枝葉末節ではなく根本を見る、②中長期的な視点を持つ、③多面的に見る、に立ち、物事を考察する習慣を身に付けることが肝要です。

戦略を練る場合には、長期的視野に立って如何なる事業をどのタイミングでどのような形でスタートすべきか、或いは廃止すべきか、といったことを考えるのが非常に重要です。しかし大企業のサラリーマン社長では、4～6年程度の任期中に長期戦略を立てることが難しいかと思います。また彼等の多くは、綿々と受け継がれてきた経営を少なくとも自分の任期中、大過なく過ごすことを第一に考えて会社運営に当たるわけです。

他方、創業者は自ら事業の種を蒔き、長期に亘り全リスクを引き受けて汗をかきます。様々な経営環境の中で、生き残りを賭けて戦っていくわけです。その意味で背負っている重さに随分と違いがあると思います。創業者の基本にある精神が何かと言うと、それはあらゆる苦難を乗り越え、企業を創り上げるという不屈のアントレプレナースピリットです。そうした精神を持つ経営者は常に、好不況の波を前にしても動ぜず、時代の変化を見据え、長期的な視野に立ち、じっくり腰を据えて事業を展開して行くのです。

天に仕える

（2019年6月28日）

仕事を通じて、社会の発展に尽くす

江戸時代の儒学者・佐藤一斎は『言志四録』の中で、「自ら欺かず。之れを天に事うと謂う……なによりも自分で自分を欺かず、至誠を尽くす。これを天に仕えるという」（『言志耋録』第106条）と言っています。私は「天に仕える」とは一言で言えば、仕事を通じ世のため人のために役立つことをする、というのが具体的な意味ではないかと考えています。

私は嘗て、『何のために働くのか』（致知出版社）という本に次の通り書きました。

東洋思想では、仕事とは天命に従って働くことだと考えます。仕事という字を見てください。「仕」も「事」も「つかえる」と読みます。では誰に仕えるのかといえば、天につかえるのです。天につかえ、天の命に従って働くというのが、東洋に古来からある考え方です。

働くとは「傍楽」であり、その行いによって「傍を楽にする」こと、つまり社会のために働くことであり、「公に仕える」ことです。日本の伝統的な仕事に対する考え方とは、正に「公に奉ずる」というものです。日本人が好んで使う「志」という字に、それはよく現れています。志は十に一に心と書きますが、此の「十」は多数のことで一般大衆を意味し、「一」は多数の取り纏め役でリーダーあるいはリーダーシップを意味します。

つまり志とは、「理想を掲げリーダーシップを発揮して大衆を引っ張って行く。そういう責務を持って、世のため人のために尽くすもの」だと私は定義しています。従って此の志の高さによって、やろうとする心・自らを律する強さも変わってくるのです。

『近思録』にあるように、「志小なれば足り易く、足り易ければ進むなし」であります。

佐藤一斎は冒頭挙げた書の中で、「人は須らく、自ら省察すべし。天、何の故に我が身を生み出し、我をして果たして何の用に供せしむる。我れ既に天物なれば、必ず天役あり。天役供せずんば、天の咎必ず至らん。省察して此に到れば則ち我が身の苟生すべからざるを知る」(『言志録』第10条)とも言っています。

ここで言う「天役」とは、自分の天職と思える仕事を通じて天に仕えること、社会に貢献すること、即ち世のため人のために仕事をすることです。仕事を自分自身の金儲けのためや自分の生活の糧を得るためのものだと考えると、人生は詰まらないものになります。世のため人のためになることをするからこそ、そこに生き甲斐が生まれてくるのです。そして私は、自分の天分を全うする中でしか此の生き甲斐は得られない、と思っています。『論語』の「尭曰第二十の五」に、「命を知らざれば以て君子たること無きなり」という孔子の言があります。己にどういう素質・能力があり、之を如何に開拓し、自分をつくって行くかを学ぶのが、「命を知る」ということです。一角の人物になるためには、どうしても天命を知り、天職を得るような志を立てる必要があります。

それによって、最終的に「楽天知命：天を楽しみ命を知る、故に憂えず」という境地に至るのです。天命を悟り、それを楽しむ心構えが出来れば、人の心は楽になるという意味です。そうやって天に仕える身として常に自らの良心に背くことなく、社会の発展に尽くすべく、仕事の中で世のため人のためを貫き通すのです。

人が使いたい人とは

（2019年7月4日）

良き部下の条件を探る

渋沢栄一翁は、「人に使われる者が最も大切にしなければならないのは、主人に『この人物をなるべく永く使いたい』と思わせることである。だから、用事をたくさん言いつけられるというのはとてもよいことで、不平を言うのではなく、幸せだと思わなければならない」と述べられています。

野村證券時代を振り返ってみますと、私自身は上の人が使いたいと思い難い人間であったかもしれません（笑）。私は当時、会社組織では上司・部下といった関係性は大事にしなければならないと思っていました。下の者が上の者に対し、礼を尽くし敬意を払うことは、チームを秩序立てるために必要だからです。

だからと言って、上司に盲従するだけでは意味がないとも思っていました。ですから、「それは違うのではないですか」「この方が良いのではないですか」といった具合に、自分の主義主張や立場を何時も明確にしていました。それが若造のサラリーマンとしては、ユニークと言えばユニークであったのかもしれません。

しかし、一口に上司と言っても色々で、私のように「ノーはノー」「イエスはイエス」というタイプの人間を評価する人もいるわけです。人の人に対する見方は様々ですから、別にそれ自体を気にする必要もないでしょう。私はそれよりも、『論語』の「李氏第十六の八」に「君子に三畏あり」とある通り、天命を常に意識し、大人・聖人の言に畏れを抱きながら自分を律し、確固たる主体性を有した自己を確立できるよう努力し続けることが大事だと思っています。

他方、同じく『論語』に「君、臣を使うに礼を以てす」（八佾第三の十九）とあるように、上の者も下の者を敬い、出来得る限りその考えに耳を傾け、愛情を持って導くという姿勢が大切です。私自身が人に求めるのは、思いも付かない事柄や成る程と感心する事柄を言ってくれることです。私が考えている事柄と同程度しか考えられない、といったことでは殆ど意味がありません。

但し、「こいつは、ひょっとしたら出藍之誉（弟子が師よりもすぐれた才能をあらわすたとえ）になるかもしれないなぁ～」と感じさせる人物は貴重だと思います。私にとって良き部下とはそうした類であって、渋沢翁の如く使い易い・使い難いといったふうには余り考えたことはありません。

それから最後にもう一つ、当ブログでも幾度も指摘している通り、昔から人の使い方として「使用：単に使うこと」「任用：任せて用いること」「信用：信じて任せて用いること」の三様があります。その人の本来の職責を限られた時間内に効率的に如何に果たすかという観点からも、信じて、任せて、用いることが出来れば一番望ましいと思います。立場が上になり、部下の数が増えれば増える程、部下が最もやる気を起こしてくれる「信用」が出来るか否かが問われるのです。来るべき時に備え我々は常々、己を磨いておくことです。

重役というもの

（２０１９年８月29日）

重大な責任を担う資格があるか

日本経済新聞に今年1月、「重役にしてはいけない人」という記事がありました。そこでは先ず、「会社の取締役や監査役といった名前が欲しいだけの人」「いい人だが能力がない人」「会社を私利私欲のための手段とする人」、の3点を渋沢栄一翁の名著『論語と算盤』より挙げて指摘しています。

そして最後に筆者は、「自分と異なる意見を持つ人間を排除する人」「学ばない人」「周囲の人を大切にしない人」、の3点を右記に付け加えたいとしていますが、私に言わせれば、それら全ては渋沢翁による3点の中に包含されているように思われます。

「自分と異なる意見を持つ人間を排除する人」も「周囲の人を大切にしない人」も、「会社の取締役や監査役といった名前が欲しいだけ」で「会社を私利私欲のための手段」として考えているのでしょう。つまり本当に会社のためを思い考えて、公のため何とかプラスになる事柄をやろうとすれば、当然人を「排除する」とか「大切にしない」ということにはならないからです。

公に奉ずるとは、結局のところ上であろうが下であろうが同じです。しかし、上には上の役目があります。安岡正篤先生も『東洋宰相学』の中で、「リーダーとなるべき者が読んで実行すべきものとして」推奨されていますが、重役の在り方というのは、佐藤一斎の『重職心得箇条』（文末参照）に尽くされていると思います。

また、「学ばない人」が「能力がない」のは明らかですが、重役に就くには「いい人」だけではしんどいと思います。リーダーシップを発揮し、多くを引っ張って行くわけですから、人がいいだけでは無理でしょう。重役に相応しいか否かは基本、それだけの責任を担う資格があるかどうか、ということです。

併せて、下の人達がその人を重役と仰ぐことに賛同するかどうかも大事になります。人望とは、人がいいだけで出来るものではありません。社会や人を正しい方向に導いて行けるだけの能力が求められると共に、何時も公正無私の姿勢を貫き、自分を正しく律して行かなければなりません。

『論語』の「子路第十三」に「其の身正しければ、令せざれども行わる。其の身正しからざれば、令すと雖も従わず」や、「其の身を正しくすること能わざれば、人を正しくすることを如何せん」という孔子の言があります。

どれほど知識・技能・才知に長けていたとしても、それだけで下は動きません。多くの弟子が孔子に従い、あれだけの人望が集められたのも、彼自身が「修己治人：己を修めて人を治む」が出来ていたからこそです。重役たる者、常に自分の私利私欲の類を度外視し、様々なディシジョンメイキングをして行かねばなりません。

『重職心得箇条』――要約

一、小事に区々たらず、大事に抜目なし。重職の重たる字は肝要なり。

二、大度を以て寛容せよ。己に意あるもさしたる害無き時は他の意を用うべし。

三、祖先の法は重宝するも、慣習は時世によって変易して可なり。

四、自案無しに先例より入るは当今の通病なり。ただし先例も時宜に叶えば可なり。

五、機に従うべし。

六、活眼にて視るべし。物事の内に入りては澄み見えず。

七、苛察は威厳ならず。人情を知るべし。

八、度量の大たること肝要なり。人を任用できぬが故に多事となる。

九、刑賞与奪の権は大事の儀なりて軽々しくせぬ事。

十、大小軽重の弁を失うべからず。時宜を知るべし。

十一、人を容るる気象と物を蓄る器量こそが大臣の体なり。

十二、貫徹すべき事と転化すべき事の視察あるべし。これ無くば我意の弊を免れ難し。

十三、信義の事、よくよく吟味あるべし。

十四、自然の顕れたるままにせよ。手数を省く事肝要なり。

十五、風儀は上より起こるものにして上下の風は一なり。

十六、打ち出してよきを隠すは悪し。物事を隠す風儀とならん。
十七、人君の初政は春の如し。人心新たに歓を発すべし。財務窮すも厳のみにては不可なり。

第2章

先哲の言に学び、人間力を鍛える

己に克つ

（２０１８年９月６日）

日々の努力と研鑽（けんさん）で人間は強くなる

フェイスブックに投稿した「努力できる人」（２０１８年７月25日）に対して、読者より左記コメントを頂きましたので、本ブログにて私が思うところを簡潔に申し上げたいと思います。

私などは何につけても努力を続けていくことが難しいのですが、それこそ徳も足らず、習慣にする事が難しく思います。自分に負けてしまいます。努力を続けるには、やはり目標が大事でしょうか？　また、自分に負けぬ心を持つことはどのような毎日を過ごせばいいのでしょうか？（中略）もし万が一お時間ある時があれば、何かの折にでもご教示頂ければ幸いです。

自らに打ち克つ精神、所謂「克己心」は何をするにも大事だと思います。之は、「勝つは己に克つより大なるはなし」とプラトンも言っていますが、非常に大変なことです。しかし、やり続けて行かなければ、最終的に自分がもう一段上に行くのは難しくなるでしょう。

自分の様々な欲を抑えるのも克己ですし、自分が不可能だとしていたところを努力により、出来るようになるのも克己です。そうして、自制心を働かせ、色々な欲望を撥ね除けたり、努力を重ね、障壁を乗り越えたりした結果として、より大きな自信が得られるのです。

そして、その自信は次に、より大きな目標を達成して行く原動力になるものです。自信とは自らに対する信頼であり、その本物を得ようとする中で、一つの強さが出来て行くのだろうと思います。

『論語』の「顔淵第十二の一」に、「己に克ちて礼に復るを仁と為す」という有名な孔子の言があります。之は「克己復礼」の元になった言葉で、孔子は「自我を没して私欲に打ち克ち、節度を守って言動の全てを礼に合致させることが仁の道だ」と教えています。

人間は概して己に甘く、他人に厳しいものです。悲しいかな、之は、一つの性であります。ですから東洋では古来より、克己を重視するのです。克己心がなければ、人間強くはなれません。言うまでもなく仕事においても、そのまま通じます。

克己心とは、修養によって醸成されると思います。日々努力と研鑽を怠らず、己の欲望を撥ね除けたり、障壁を乗り越えたりする生活を積み重ねて行く中で、人間というものは強くなるのだと思います。

閑というもの

（２０１８年９月20日）

静寂の状態を意識的に作り出す

ひと月程前、私はWIRED.jpさんの「『退屈な時間』は脳にとってある種のピットストップとなり、この時、脳は自らの創造性のガソリンを補充しているという研究結果が発表された」というツイートをリツイートしておきました。

中国古典流に言うと、之は正に「寧静致遠（ねいせいちえん）」ということです。此の句は、『三国志』の英雄・諸葛孔明（しょかつこうめい）が五丈原（ごじょうげん）で陣没する時、息子の瞻（せん）に宛てた遺言書の中に認（したた）めたものであります。

「心安らかに落ち着いてゆったりした静かな気持ちでいなければ、遠大な境地に到達できない」といった意味ですが、事程左様に「静」ということは非常に大事です。心の平静や安寧を保つとは、ある意味右記した「創造性のガソリンを補充している」という言い方になるのかもしれません。

明治の知の巨人・安岡正篤先生も座右の銘にされていた「六中観（りくちゅうかん）：忙中閑有り。苦中楽有り。死中活有り。壺中（こちゅう）天有り。意中人有り。腹中書有り」の一つに、「忙中閑有り」とあります。

どれほど忙しくとも、静寂に心休め、瞑想に耽るような「閑」を自分で見出すことが重要です。多忙な中に閑がなければ、様々なことが起こった時に対応し得る胆力を養って行くことも出来ません。ふっと落ち着いた時を得て心を癒せたら、色々なアイデアが湧いてき易くもなるでしょう。

此の「閑」という字は門構（もんがまえ）に「木」と書かれていますが、何ゆえ門構かと申しますと、それは門の内外で分けられることに因っています。つまり「門を入ると庭に木立が鬱蒼としていて、その木立の中を通り過ぎると別世界のように落ち着いて静かで気持ちが良い」

といったことで、閑には「静か」という意味が先ずあります。

そして都会の喧噪や雑踏、あるいは日々沸き起こる色々な雑念から逃れ守られて、静かに出来るといったことから「防ぐ」という意味もありますし、また此の字には「暇（ひま）」という意味も勿論あります。

ずっと齷齪（あくせく）しているようでは、遠大な境地に入ることは出来ません。「忙」という字は、「心」を表す「忄」偏に「亡」と書きますが、日頃から「忙しい、忙しい」と言う人は、ある意味心を亡（な）くす方に向かっているのかもしれません。

単に忙しいで終わってしまうのでなく、もう少し違った次元に飛躍する為、閑を意識的に作り出して行き、ものを大きく考えられるようにするのです。今迄とは全く違った世界に入って行くべく、閑というのは、非常に大事なものだと思います。

生命力というもの

（2018年11月14日）

生命力こそ偉大な人格を築く必須要件

日本が誇るべき偉大な哲学者であり、教育者である森信三先生は、生命力というものに関し、例えば「偉人と言われるほどの人間は、何よりも、偉大な生命力を持った人でなくてはならぬはずです。真に偉人と呼ばれるためには、偉大な生命力が、ことごとく純化せられねばならぬのです。生命力の大きさ、力強さというものを持たない人間は、真に偉大な人格を築き上げることはできない」と述べておられます。

あるいは、「読書というものは、われわれ人間にとっては、『心の食物』ともいうべきものですから、もしある人があまり読書をしなくなったとしたら、それは食物をとらなくなった人間と同様に、その人の生命力の衰えた何よりの証拠といってよいでしょう」と言われています。
此の生命力につき森先生は他にも様々述べておられますが、その弱さが齎すものということでは次の言葉も残されています。

　人間が嘘をつくというのは、生命力が弱いからでしょう。勤勉でないというのも、生命力の弱さからです。また人を愛することができないのも、結局は生命力の弱さからです。怒るというのは、もちろん自己を制することのできない弱さからです。（中略）畢竟するに生命力の弱さからです。

私は生命力というものは、言ってみれば骨力（包容力・忍耐力・反省力・調和力等）と非常に関わっていて、強い気を齎してくれる源泉だと思っています。ですから森先生が右記指摘される通り、此の生命力が弱い人間ほど確かに、勤勉でなかったり、怒り易かったり、愛し方が中途半端であったりするように感じます。また、生命力が強い人は何ら誤魔化しの類なく、基本嘘をつきません。それは、唯々自分の良心に顧みて「俯仰天地に愧じず」の精神で、自分が正しいと信じることをやっているだけですから、そもそも嘘をつく必要がないのです。

松下幸之助さんは「人間には二つの生命力がある」とされ、その一つに生物として当然持っている「生きようとする力」、そしてもう一つに「使命を示す力」を挙げておられます。後者は人間ならではのもので、自分に与えられた使命、あるいは天分・天役・天命といったものを示す力が与えられていると言われるのです。私は、自分が天から与えられた使命を自覚し、その使命を果たそうという努力と、それによる成果こそが人間として価値あることではないかと思っています。

最後に、明治の知の巨人・安岡正篤先生の言葉を紹介しておきます。

> 生命力はいかにして強くなるか。それはあくまでも根気のある辛抱強い日常の自律自修に由る。鍛錬陶冶に依る。意志と知能と筋骨との意識的努力、心臓・血管・内分泌腺

その他生理的全体系の無意識的努力、自己に規律を課し、自己を支配する修練を積んで始めて発達する。安逸（あんいつ）と放縦（ほうじゅう）とは生命の害毒であり、敵である。

こうした先哲の言を読むにつけ、本当に強い生命力を持つということは大変困難なことだと思います。

腹というもの

（2018年11月20日）

艱難辛苦の果てに得る人としての重厚感

一昔前は「この人は腹の出来た人だ」とか「あの人は腹が据わっている」とかと、「腹」を人の胆力や度量といったものとして人物の一つの評価項目としていました。大きな決断をする立場になればなる程、あるいは大きな決断でなくとも年が増し、地位が増すという状況になればなる程、段々と腹は大事になってくるものです。

私は「腹のある人」とは、「勇気ある実行力を伴った見識を持っている人」、即ち「胆識」を有した人」を指して言うのだろうと考えています。拙著『君子を目指せ小人になるな』

（致知出版社）にも書いておいた通り、「知識」「見識」「胆識」の定義に関しては、夫々「物事を知っているという状況」「善悪の判断ができるようになった状態」「実行力を伴った見識のこと」であります。

世の中には「言うだけ番長：言葉ばかりで結果が伴わない人」に該当するような、何か言いっ放しの「評論家」や「コメンテーター」の類は沢山います。此のカテゴリーに属する人達の中には、ある程度の知識を持って善悪の判断ができ、良いことを言ったりする見識のある人もいます。しかし、少なくとも腹（胆識）があるか否かといった判定には至らない人達です。

昔から如何なる人物を良しとするかとは、例えば中国明代の著名な思想家・呂新吾（りょしんご）の『呻吟語（しんぎんご）』という書にあるように、「深沈厚重（しんちんこうじゅう）、是第一等資質」「磊落豪雄（らいらくごうゆう）、是第二等資質」「聡明才弁（そうめいさいべん）、是第三等資質」と順位付けられます。

つまりは、「磊落豪雄：明るく物事に動じない」「聡明才弁：非常に頭が良く弁が立つ」だけでは全く不十分で「深沈厚重」な人でなければならないわけです。沈着で思慮深く、相手が温かい愛情に包まれるような厚みを有し、重みがあり、安定感を持つ人物が第一等だということです。

そうした重厚感・教養・胆識等といったものを得る為には、様々な艱難辛苦、喜怒哀楽を経験するのが一番だと私は思います。そして補足的には精神の糧となる書物を味読し、日々の行動で実践し、知行合一的な修養を積んで自己人物を練り、更なる精神の向上を図って行くのです。

そのようなことから腹が出来上がってくると思います。西郷南洲公と勝海舟は双方が大変な腹芸をして、江戸城の無血明け渡しが決められました。此の腹芸が出来なければ、直ぐに争いが生じてしまいます。腹を鍛えるということは、即ち自らの精神を鍛えるということなのです。

骨というもの

（２０１９年８月７日）

骨力が気力を生み出す

２０１９年７月８日、ＳＢＩグループ創業20周年記念事業が終わり、やっとほっとしたところで、今度は94歳になる母親が自宅で転けて膝を骨折しました。痛がり方が尋常でないと思いましたが、当日は日曜日でしたから、翌朝すぐにＭＲＩを撮って貰いました。結果として膝のお皿の部分の縦割れが明らかになったわけですが、私は「横割れだと長く掛かるなぁ、歩けなくなるかなぁ」と思っていたので、縦割れと聞いて少し安心しました。そして直ぐその日の内に東京女子医大に入院させて、先週末骨がついて退院してきました。

此の骨というものは、人間の身体において大変重要な部分ですが、少し構わなさ過ぎるのではないかと思います。胃が痛い・頭が痛いとなれば、結構痛みがありますから、我々は直ぐ医者に行ったり薬を飲んだりします。

他方、骨については折れた・肉腫が発生したといった状況下ではじめて感じて行くわけで、中々普通に骨密度をチェックするということはありません（最近では人間ドックでも大分チェックする人も多くはなりましたが……）。取り分け女性の場合、閉経後、カルシウムが大幅に不足してハチノスのように骨が弱くなり、骨粗鬆症（こつそしょうしょう）を患っている人が沢山います。そうしますと転けただけで（転けなくても自然骨折もあります）、運が悪ければ二度と歩けなくなり、車椅子生活の中で全体的にその身体を弱くして行くことにもなるのです。

従って我々は骨を丈夫にすべく、あらゆる事柄に注意して行かねばなりませんが、先ずは基本的な知識を得ることからでないかと思います。カルシウムを取る、ビタミンDを取るといったことは、言うまでもなく大事です。あるいは、関西と関東で比較すると納豆を食べる習慣がない関西の方が骨折する人が多いわけで、ナットウキナーゼを飲む、納豆を食べるといったこともあっても良いのではないでしょうか。

また、骨粗鬆症に対する様々な薬なども出ていますが、余り之に頼りますと腎臓に副作用があったりしますから、気を付けねばなりません。中国では「医食同源」ということで、伝統的に医（健康維持管理）と食（食べ物）を密接に関連付けてきました。正に医食同源できちっと骨を丈夫にし、ちょっと転けた位で折れなくするよう、我々は食の上で、色々な知恵を身に付けて行く必要があろうかと思います。

最後にもう一つ、骨について序でに申し上げます。私が私淑する明治の知の巨人・安岡正篤先生は「『人物』とは？」ということで議論されており、人物であるための条件に、①『骨力』に富んでいること、②『理想』や『志』を持つこと、③『胆識』を備えることとして、第一に骨力に富んでいることを挙げておられます。

此の骨力とは平たく言えば「元気」であり、骨力から気力・活力・性命力が生み出されます。そうして骨力が気力を生み、次第に精神的に発達すると生きる上での目標・目的となる「志気」「理想」を持つようになるわけです。此の辺りの話については嘗てのブログ「人物の最も大事な徳」（２０１８年４月27日）でも述べています。御興味のある方は、是非ご覧頂ければと思います。

地頭というもの

（２０１９年８月14日）

好きなものを突き詰めて、地頭を鍛える

８年も前になりますが、私は the Entrepreneur という起業家インタビューのサイト向けに、次のように話したことがあります。

僕は慶應義塾大学出身ですが、幼稚舎から慶應にいるような人達は受験勉強をやってないからか学校で学ぶような知識レベルはそう高くはないが、地頭がいいことが多いと感じました。天賦の才、また家庭や学校での教育環境はかなり本人の知識レベルや思考力に影響があると思うんです。

国語辞書を見ますと、此の地頭とは「大学などでの教育で与えられたのでない、その人本来の頭のよさ。一般に知識の多寡でなく、論理的思考力やコミュニケーション能力などをいう」と書かれています。あるいは、例えば「NAVER まとめ」に「地頭力とは何のこと？」というのがあります。そこでは地頭力の定義として、「仕事を深堀していく能力のこと」、「問題解決に必要となる考え方のベースとなる能力」、「素手で考える力。知識も方法論もあらゆる引きを持たずにゼロベースで考える力のこと」等が挙げられています。

私自身は地頭の良し悪しとは基本、気が利くか否かを指しているのではないかと考えています。脳の各部位には、記憶を司る側頭葉やイノベーションを齎すとされる頭頂葉および前頭葉等々、色々な役割があるわけですが、世間一般で言う地頭が良いとは、物分かりが早く様々な事柄に気転が利いたりすることを言うのだと思います。

此の地頭の良い人の特長として、あるブログ記事（２０１８年2月13日）では、「同じ情報に接していても、そうでない人に比べて、そこから読み取ることができる情報が桁違の好きなものをつきつめること』に、『地頭を鍛える』ことの鍵が隠されているのかもしれない」との言葉で結ばれています。

先ず前者の一を聞いて十を知るとは、幾ら地頭が良くても少し無理があるかもしれません。『論語』の「公冶長第五の九」にも、学を好む「回（顔回）や一を聞きて以て十を知る。賜（子貢）や一を聞きて以て二を知る」という子貢の言があります。之に対し孔子は謙遜して「吾と女と如かざるなり：私もお前と同様に及ばないよ！」と応じるわけですが、やはり日頃から色々な知識を得、それだけのバックグラウンドを持って鍛えてないと難しい部分があるでしょう。

他方、後者に関し、地頭を鍛える上で自分の好きなものを突き詰めて行くことは有り得ると思います。『論語』の「雍也第六の二十」に、「これを知る者はこれを好む者に如かず。これを好む者はこれを楽しむ者に如かず」という孔子の言があります。一つの事柄に集中し、楽しんで突き進んで行けたならば、それが何事であっても地頭を鍛えることに繋がりもするでしょう。これ即ち、一芸に秀ずれば結果として万芸に秀ずる、のです。

才能よりも大切なもの

（2019年3月27日）

一芸に秀でた人間を創る

私が嘗てリツイートしたナショナル ジオグラフィック日本版の記事、「世界を変える『天才』たち 並外れた頭脳の秘密に迫る」（2017年5月7日）の中に次の記述がありました。

現代屈指の数学者の一人といわれるテレンス・タオは、幼少の頃から言葉と数字の理解力がずばぬけていた。そんな彼のために、両親は豊かな教育環境を整えた。本やおもちゃやゲームを与え、自分で遊び、学べるようにしたことで独創性と問題解決能力が育ったと、父親のビリーは考えている。

数学のノーベル賞と称されるフィールズ賞（2006年）受賞者のタオ氏は、「9歳で実家からほど近いフリンダース大学に飛び級で入学（中略）、24歳にしてカリフォルニア大学ロサンゼルス校の正教授に就任」された天才数学者の一人です。その彼自身、「才能は重要だが、それをどう引き出し、育てるかがさらに大切だ」と言われているようです。

英才教育ということでは、9年半前のブログ「医学教育の在り方」でも記したように、私は一貫した主張を続けています。Jewishの教育観の如く、親も先生も「この子の才とは一体何か」といった所を突き詰め、出来るだけ早期に見極めて、その才能や個性を育てるため、様々な工夫を施してやらねばなりません。タオ氏のように数学が得意な人は、朝から晩まで数学を勉強すれば良いでしょうし、語学が得意な人あるいは音楽が得意な人等々も然り（しか）で、一日中個々人の才能開花に注力すれば良いでしょう。

私の基本的な考え方とは、一芸に秀でた人間を創るべく、極めて若く脳が柔軟な時に朝から晩までその分野における高等教育を受けさせて、どんどんチャレンジさせながら、自由にその才を伸ばして行くべき、というものであります。タオ氏の如く能力があり、才能がある者は、当たり前のように飛び級が出来るようにする等、その人の力量に応じ、上にチャレンジ出来る機会をきちっと与えるようにすべきです。尤も、子供達に人間学や情操面での教育をはじめ、幅広い教養を身に付けさせる工夫や、学際的環境の中で彼らの才能を育てて行くことも、言うまでもなく大切だと思います。

また私は嘗て、「天才の特徴 ～『一時にパッとわかる。』ということ～」（２０１４年３月31日）と題したブログで次の通り述べたことがあります。

天才の特徴とは類稀なる集中力だと考えており、此の集中力を有する人は、ある期間総力を傾けて没頭することができ、それもその没頭たるや寝食を忘れるようなものであろうと思っています。やはり天才には、寝食を忘れるような集中力を持って一つの事柄を必死になって考えるということがあって、そうした努力なくして天才が次から次へと生まれることはあり得ないと思います。

此の文脈で申し上げても、親も先生も「この子は何が本当に好きなのか」をよくよく見て行く必要がありましょう。才有りと思われても、嫌いなことは長続きせず、本人の努力が続かなければ、それはそれで終わりになるからです。そういう意味では親にしても先生にしても、その才能が本物であると思えばこそ、それが好きになるよう如何なる教育が施されるべきか、と持って行かなければなりません。

それから、本人に好きなものを選ばせるという部分も非常に大事です。何故なら自分自身が好きなことは中々諦めず、集中して楽しくやって行くからです。『論語』に「これを好む者はこれを楽しむ者に如かず」（雍也第六の二十）とあるように、才を開いて行く上では何より楽しんでやれるようになることが一番の近道だと思います。

徳を磨き、人間的魅力を高める

他方、右記タオ氏の例を挙げるまでもなく、シビアな現実として生まれつきの資質の差は各人で結構大きなものだと私は思います。しかし天才数学者の類を目指すのでなく、ビジネスの世界でやって行くのであれば、努力次第で十分カバーすることが可能だと考えます。専門書を読む時でも、一度読んで理解出来なければ、もう一度読めば良いだけの話です。確かに時間は掛かりますが、中途半端に分かったつもりになって読み飛ばす人よりも、余程深く理解出来ましょう。

拙著『仕事の迷いにはすべて「論語」が答えてくれる』(朝日新聞出版)でも述べた通り、仕事は脳味噌だけでやるものではありません。良い仕事は、「才」に「徳」が加わってこそ、初めて可能になります。典型的なのが、営業マンの仕事です。幾ら卓越した業界知識や商品知識を持っていたとしても、人間的魅力がなければ、顧客からの信頼を得ることは出来ません。たとえ才には多少恵まれなかったとしても、徳を磨くことで才だけに頼った人間より余程大きな仕事が成し遂げられます。

例えば幕末から維新にかけての偉人、西郷隆盛と勝海舟を比して、「西郷隆盛は君子だったが、勝海舟は小人だった。勝は頭脳明晰で、抜群に頭が切れる才人だったが、徳が才に劣っていた。だから小人のままで、君子にはなれなかった。一方、西郷は、徳のほうが才よりも勝っていたので君子であった」という批評があります。
「君子は器ならず」（為政第二の十二）と、孔子は『論語』の中で言っています。私達はよく「もっと器が大きな人間になれ」とか、「あいつは器が小さい」などと言いますが、「そもそも君子は器ではない」、即ち「一定の型にはまった人間ではない」と孔子は語っているわけです。上に立つ者の役割は、自分が器として働くことでなく、部下という器を使いこなすことなのです。

才が突出した人間は、組織の中で優れた技量を有した器として非常に貴重な役割を果たします。但しその人が、組織のリーダーとして様々な器を上手に束ねられるかと言うと、それはまた別であります。また西郷隆盛のような徳の人は、リーダーとして大きな存在感を発揮します。「徳は孤ならず、必ず隣有り」（里仁第四の二十五）と孔子が言う通り、沢山の才ある人・徳ある人が西郷の下に集まってきました。しかし彼が、実務家として細かい仕事に長けていたかと言うと、それもまた別であります。

ですから自分があまり才に恵まれていないからと言って、それを気に掛ける必要性は全くありません。多少の能力の差は努力によってカバー出来ますし、そもそも上に立つ者に求められるのは才でなく徳なのです。そして徳は、誰もが生まれつき身に付けているもので、更には後天的に高めることが出来るものです。問われるのは、その人の生まれつきの資質ではありません。此の世に生を受けて後、その人が自分の意思でどう己を磨いてきたかであります。『論語』に「柴や愚。参や魯」（先進第十一の十八）という言葉があるように、孔子を継いだ曽参は魯だったということです。

人の気持ちが分からない人

（2019年2月28日）

人情の機微を知る

プレジデントオンラインに、「人の気持ちがわからない人の致命的理由3」（2018年7月18日）という記事がありました。筆者曰く、そのポイントとは次の3点、①「情」を磨く経験量（時間の長さ、思考の深さを含む）が圧倒的に不足している、②適切な「フィードバック」をタイムリーに得られていない、③職場や家庭における「エンゲージメント」が足りない、だとしています。

人間である以上、喜怒哀楽というものは皆夫々が持っています。どうやったら人は喜び・怒り・悲しみ・楽しむのか、といった人情の機微（表面だけでは知ることのできない、微妙な趣や事情）が分かるような人になるためには、自分が日々の生活の場で、様々な喜怒哀楽や辛酸を嘗めるようなことを経験したり、他の人の喜怒哀楽の場面を観察し、共感を得たり、同情したりすることです。

例えば、田中角栄という人は今太閤と呼ばれていましたが、彼は豊臣秀吉とある面似た部分があって、人情の機微を十二分に理解し、ある意味最も人心を上手く得て、圧倒的人気を博した政治家でした。水呑百姓として生まれ、足軽から頂上を極めた秀吉に対し、小学校を出ただけの叩き上げで宰相にまで上り詰めた角栄ということで、当然そうした人情の機微を知り尽くしていたのだろうと思います。

また、曹洞宗開祖の道元禅師は、心配りが出来ない兄弟子には免許皆伝を与えず、それが出来る弟弟子の懐奘には先んじて伝授しました。兄弟子の義价には、老婆心が足りないと言われたそうです。老婆心とは御節介ではなく、心配りのことです。心というものは視・聴・嗅・味・触の感覚、所謂五感で捉えられないものを捉え、物事を推し量って行きます。例えば、相手の心の動きを見て相手の悲しみを認識し、自分も同じ境地に入ってその悲しみと同レベルに達し、相手を如何にして慰めて行くかということです。

また、明治の知の巨人・森信三先生も、「人間の智慧とは、①先の見通しがどれほど利くか、②どれほど他人の気持ちの察しがつくか、③何事についても、どれほどバランスを心得ているか」という言い方をされています。同時に私が思うに、仮に他人の気持ちを察することが出来たとしても、その通りに同情的に何かしてあげるとか、その人に沿って媚び諂うとか、といったことでは必ずしもないでしょう。

やはりそこには善悪の判断があって、察した結果自体が次の動きに直結するものではありません。しかし、相手の気持ちが分かることが重要であることに間違いはなく、その通りやってあげられないとしても、その気持ちが分かるか否かで人に対する接し方が大きく違ってきます。私は、そうしたことがある面で人間の知恵（物事の道理を判断し処理していく心の働き）ではないかと考えています。

勿論、善悪の判断自体が極めて難しいことだと言えなくもなく、様々な事柄全体を思慮してみても、一体何が本当に正しく、何が正しくないのか、良く分からない部分もあります。但し、『大学』に「明徳を明らかにする：自分の心に生まれ持っている良心を明らかにする」とあるように、人間である以上、皆良心というか明徳というものが生まれつき備わっているわけで、やはり最終的には自分の明徳に照らして、自問自答する中で物事を判断するしかないのだろうと思います。

依頼心を無くす

（２０１９年４月18日）

自発的に学ぶ意欲を大事にした孔子の教え

『論語』の「陽貨第十七の十九」に、「予言うこと無からんと欲す：私はもう何も言いたくはない」という孔子の言に対し、高弟の子貢が「子如し言わずんば、則ち小子何をか述べん：先生がもし何も言われなかったら、私たちは何を言い伝えていったらよいのでしょうか？」と応じる場面があります。

すると孔子は、「天何をか言うや。四時行われ、百物生ず。天何をか言うや：天は何を語ろうか？　四季はこれまで通り巡り、万物はこれまで通り成長する。天は何を語ろうか？」と答えるのです。孔子は自らが何かを言う、言わないといったこととは関係なく、子貢自身で主体性を持って勉強し、そこから主体的に学んで行くことをもっと増やしなさいと述べているわけです。

右記は、お釈迦様が死ぬ間際に行われた愛弟子アーナンダとのやり取りに似通っていると思います。それは、「もし釈尊が亡くなられたら、いったい何を頼りに生きていけばよいのでしょう」とのアーナンダの問いに対し、お釈迦様が「これからは、自らを島とし、法（ダルマ）を島とせよ」と語ったとされるものです。

此の「島」というのは、不動のもののたとえであるが、漢訳経典では『灯明』と訳され、『自灯明（じとうみょう）・法灯明（ほうとうみょう）』の教えとして知られています。お釈迦様は自らの言葉を全て頼りに生きて行くのではなく、アーナンダ自身また法（仏の教えを示した真実のことば）を灯火（ともしび）とし、拠り所として生きて行きなさいと述べているわけです。

何でも彼（か）んでも師に尋ねていたら、良いというものでもありません。例えば『論語』の「述而（じゅつじ）第七の八」に、発奮あるいは啓発の語源となった次の孔子の言があります。

憤せずんば啓せず。悱せずんば発せず。一隅を挙げてこれに示し、三隅を以て反らざれば、則ち復たせざるなり。

「学びたいという気持ちがじゅくじゅくと熟して盛り上がってくるようでなければ指導はしない」、「今にも答えが出そうなのだけれど中々出ずに口籠っているようなギリギリの所にまで来なければ教えない」、「一隅を取り上げて示したら残りの三つの隅がピンとこなければ駄目だ」、というのが孔子の教え方であるわけです。

『論語』を読んでいますと孔子は、実際そこまで厳しくはなかったのではとも思われますが、門弟達の自発的に学ぼうとする意欲を大事にし、高めてやろうとしていた気持ちがよく伝わってきます。冒頭の子貢に対する孔子の言、「予言うこと無からんと欲す」「天何をか言うや」も同じ気持ちで述べられたものだと思います。

偉大なるかな二宮尊徳

（2019年6月19日）

自分の小欲に克ち、大欲に生きる

先日、映画「二宮金次郎」を鑑賞しました。涙が溢れ出る程、感動した大変素晴らしい作品でした。「心田」を開拓すること、及び荒れた農地を開墾して行くことの二つを生涯の使命とした二宮尊徳翁は、毎食一汁一菜程度で決して贅沢はせず、世のため人のために一生を捧げた立派な人物です。

尊徳翁は、終生に亘って荒廃した村々を600以上復興し、その過程で多額の資産を築くことが出来たにも拘らず、報奨金の全てを農村復興に注ぎ込みました。そして他界された時、私有財産は全く残っておらず、遺言として自らの墓石を建てることもさせず、己の全人生を世のため人のために捧げたのです。今回この翁の人間力・生き様・高い志に深く感銘を受けると共に、改めてその偉大さを認識した次第であります。

映画の冒頭、尊徳翁は「分度(ぶんど)：自分の置かれた状況や立場を弁え、それに相応しい生活を送ること」が如何に大切なことであるかを説かれました。そして分度により生まれた余力やお金を、自分の将来のためのみならず、世のため人のために譲るのです。

例えば、私どもＳＢＩグループは本業を通じ社会に貢献するだけでなく、より直接的な社会貢献活動に取り組むべく19年前、児童福祉施設等への寄付を行うことを決定し、全国の施設への寄付活動を実施して参りました。そして14年前「公益財団法人ＳＢＩ子ども希望財団」の前身となる「財団法人ＳＢＩ子ども希望財団」を設立しました。また12年前「社会福祉法人慈徳院」（こどもの心のケアハウス嵐山学園）という児童心理治療施設を私の個人的な寄付で埼玉県嵐山町に設立して、児童福祉の向上に焦点を当て、尽力をして参りました。我々は創業間もない時期から微力ながら、尊徳翁の教えを実践してきたものと自負しています。

私は、嘗てのブログ「偉大なる人物の偉大なる思想に学ぶ」（２０１５年12月2日）の中で、次のように述べたことがあります。

自分の小欲に克ち、社会のためにという大欲に生きる人が偉大な人です。偉業を遂げた人の足跡を訪ねてみれば、決して私利私欲のためには生きていません。世のため人のためという気持ちを常時失わずにいる人が、結局後世に偉大な業績を残しているということです。

人が他の存在によって生かされていることを自覚すれば、おのずと世のため人のために生きようといった使命感が生まれてくるでしょう。そうすると心を磨き、少しでも社会に貢献できるよう自分を高めて行く生き方をしなければと思うようになります。

思い出してみれば、私が子供の頃には殆どの小学校に尊徳翁の銅像がありました。しかし近年、その撤去が進んでおり、非常に残念に思っています。内村鑑三著『代表的日本人』では、「日本人としてどのように生きるべきかを伝える」ため伝説に残る５人の内１

人に翁が紹介されていますが、日本人は今一度、二宮尊徳という偉大な人物を見つめ直すべきであります。皆様も是非この機会に、映画「二宮金次郎」を御覧になられたら良いと思います。

美しい心とは

（2019年7月25日）

赤子のような純真な心を持ち続ける

イエローハット創業者の鍵山秀三郎さんは、美しい心というものについて、「それは、自分はどんな汚いものを受け入れても、自分から出すときにはきれいにして出す。そのような心になって初めて、美しい心と言えるのではないかと思います」と述べておられるようです。

私が美しい心と聞いてぱっと思い浮かぶのは、公平無私(こうへいむし)或いは虚心坦懐(きょしんたんかい)という四字熟語であります。国語辞書で夫々見てみますと、前者は「一方に偏ることなく平等で、私心をもたないさま」、後者は「心になんのわだかまりもなく、気持ちがさっぱりしていること」等と書かれています。

虚心とは、「心に先入観やわだかまりがなく、ありのままを素直に受け入れることのできる心の状態」を言うものです。赤心（せきしん）（嘘いつわりのない、ありのままの心）という言葉がありますが、赤ん坊の心は正に虚心そのものではないかと思います。

『大学』では、「明徳を明らかにする：自分の心に生まれ持っている良心を明らかにする」ことが大切だと「経一章」から教えているのです。明徳というのは、全ての人々が母親の胎内に宿った時から有しているものだと言う人もいます。

本来人間は皆赤心で、無欲の中に生まれてきているにも拘らず、段々と自己主張するようになり、私利私欲の心が芽生えてき、そして此の明徳が私利私欲の強さに応じて次第に曇らされ、結局は明がなくなって行くということにもなります。

人間誰しもが持っている良心は欲に汚れぬ限り保たれて行くものであり、故に老子は「含徳の厚きは、赤子に比す：内なる徳を豊かに備えた人の有様は、赤ん坊に例えられる」と言い、赤心にかえれとしたわけです。

あるいは孟子は、「大人（たいじん）なる者は、其の赤子の心を失わざる者なり‥大徳の人と言われる人物は、いつまでも赤子のような純真な心を失わずに持っているものだ」と言っているわけです。

『三国志』の英雄・諸葛孔明は五丈原で陣没する時、息子の瞻（せん）に宛てた手紙の中に「澹泊（たんぱく）明志（めいし）、寧静致遠（ねいせいちえん）」という、遺言としての有名な対句を認（したた）めました。

之は、「私利私欲に溺れることなく淡泊でなければ志を明らかにできない。落ち着いてゆったりした静かな気持ちでいなければ遠大な境地に到達できない」といった意味になります。私利私欲を遠ざけ、何事にも囚（とら）われないで、歳を重ねても無垢な生地の自分というか、赤心というものを維持することが、私は最も美しい心を保つことに繋がると言えるのではないかと思います。

第3章

日本政治の有り様を問う

続く「モリカケ国会」に呆れ果てる

（2018年10月18日）

近視眼極まる野党の政治姿勢

第197回臨時国会が来週水曜日にも召集されますが、会期は48日間と唯でさえ十分な審議時間の確保が難しいとされる中、野党各党、とりわけ第一党の立憲民主党がまたモリカケ批判をやるとの報道を見て、呆れ果てました。

当ブログでも1年半以上も前からその弊害を指摘し続けていますが、国会での貴重な審議時間をあれだけ浪費した挙句、未だモリカケ追及を続けるという点を考えても、国民の税金をこれ程無駄に使う党の存在は類例を見ないと思っています。

今国会では、巷間挙げられる西日本豪雨や北海道地震に対応する２０１８年度第１次補正予算案や、外国人労働者の受け入れを拡大する入国管理法改正案などの成立を急ぐのは勿論、我国として憲法改正や貿易戦争にどう処するのか、北朝鮮問題（拉致・核・ミサイル）をどのように考えるべきか等々、今正に向き合わねばならない重要事項に多くの時間が費やされるよう切に望みます。

また今月２日、第４次安倍改造内閣発足後の記者会見で安倍首相が、「国難とも呼ぶべき少子高齢化に真正面から立ち向かい、全ての世代が安心できる社会保障制度へと改革を進めていく」と言われていたように、現政権下においては当該制度設計に対する道筋をある程度つけておかなければなりません。

あるいは今週月曜日、来年10月に実施予定の消費増税に関わる問題につき安倍首相は、「来年度、再来年度予算において、消費税対応で臨時・特別の措置を講じてまいります。消費税率引上げによる経済的影響を確実に平準化できる規模の予算を編成してまいります」と発言されていましたが、経済へのネガティブインパクトをどうやって最小限に抑えるか、といった議論も今国会で求められましょう。

日本の野党第一党というのは、右記のような日本の将来を左右する沢山のアジェンダを置き去りしたままに、これまでモリカケを執拗に問題視し、国会をモリカケ一色にし続けて後、これから再びモリカケ批判をやると言うのですから、彼らが何を考えているのか私にはさっぱり分かりません。

他方で今国会の召集を前に、無所属議員や国民民主離党議員により衆参両院夫々に立民会派入りの動きが非常に活発です。また共産党は先の日曜日、来年夏の参院選で改選1人区に野党統一候補を擁立するため条件を付けずに各党と協議を始めたいとの意向を表明し、来るべき時に臨もうとしています。

選挙目的に党利党略のみで烏合の衆の如く集まって、結局将来に禍根を残すだけになるといったことでは国家国民に対し、極めて無責任なやり方です。一番大事なのは「政道」と呼ばれる思想・哲学であり、此の違いをある意味象徴しているのが「政党」の違いだとは、今年5月のブログ「野党の仕事とは」等で幾度も指摘した通りです。

そして、その政道を踏まえ、活用しながら如何に具現化・具体化して行くかを「政略」と言い、「政策」に繋がって行くわけですが、政党は政党たる役割をきちっと果たすべく、政道・政略を踏まえた政治を実現して行かねばならないのです。

百年の計と迄は行かずとも、今後30～40年を見、此の国の正しい政治の在り方を先ずは作り上げ、その上で政策を決めて行くということです。それを全く無視した近視眼極まる日本の野党の存在意義は、現状ゼロであると言わざるを得ないと思います。

ポスト安倍を考える

（２０１８年10月31日）

政治の世界、一寸先は闇である

一昨日、ドイツのメルケル首相はキリスト教民主同盟（ＣＤＵ）の党首再選を目指さない意向を明らかにし、２０２１年秋の任期満了で以て首相職を退くとの考えを表明しました。曰く、「(党首退任を）決断したのは（夏の）休暇だ。（今回のヘッセン州議会選挙の敗北で）発表するのを1週間早めた」とのことです。政権のレームダック化が指摘される中、ポストメルケルを巡る動きが本格化し、混沌たる政治情勢下においてメルケル首相の任期前退任の可能性も囁かれているようです。

翻って日本の政局を見るに、例えば八幡和郎さんなどは先月初旬「いつか来るポスト安倍時代の首相像はかくあるべし」と題し、次の7点を条件として挙げられていました。

①高い知的能力と専門的知見、②重要閣僚ポストなどの経験、③本格的な国際経験と語学力、④優秀なブレーン集団をあらかじめ持つ、⑤国民に対する誠実な対応と説明能力、⑥タフな肉体と精神、⑦個人的なスキャンダルをあらかじめ整理すべし。

先ずポスト安倍と言った場合に、2021年9月迄の自民党総裁任期を全うしないで辞めるケースと、全うして次の誰かに代わるケースが考えられます。前者では、来春の統一地方選挙および来夏の参議院議員選挙、取り分け参院選で大敗を喫するようなことがあれば、安倍政権が早期退陣を迫られる状況も生じてくるかもしれません。

あるいは、「安倍晋三『任期3年』を蝕む難病進行『最悪の事態』」(2018年10月9日)といったような噂も絶えず流れています。私見を申し上げれば、体調不良に陥っている人が、あれだけの激務を熟すのは不可能だと思われ、此の類は全てフェイクニュースだろうと思います。但し、万万一、仮にそういう状況が生じるとしたら、やはり菅義偉官房長官が後継首相となるべきでしょう。それは、これまで安倍政権を支えてきた者の責任だと思うからです。

次に、右記任期を全う出来たケースはどうでしょうか。今月も「ポスト安倍レース、6人の混戦模様でスタート」(2018年10月13日)等の記事や、「ポスト安倍は進次郎氏、石破氏に集中」(2018年10月15日)といった世論調査の結果が出ていましたが、色々な候補者が挙げられる中で今後様々な局面を経て、後継に相応しい人が次第に頭角を現して行くことになるのでしょう。

可能性は少ないと思いますが、此の3年の間に今下馬評に上っていない人が浮上してくることも考えられます。政治の世界とは一寸先は闇とずっと言われているわけで、もしそうだとしたら今3年後の日本の指導者を誰にするかをトピックにするは「too early」ですし、ひょっとしたら大きな間違いを犯す可能性があるのではと思います。個人的には、ポスト安倍は菅官房長官か今俎上に載せられた人ではないかもしれない、という気がしています。

今国会の良否を論ず

（２０１８年12月13日）

憲法問題の判断材料を国民に提供すべき

第１９７回臨時国会が10日に閉幕しました。今回私が残念に思っているのは、当初自民党が目指していた憲法審査会への党憲法改正案の提示が見送られたということです。先月9日、自民党の下村博文さんが「高い歳費をもらっているにもかかわらず、議論さえしないのは国会議員としての職場放棄だ」と野党批判を行った後、擦った揉んだした挙句、時間切れとなってしまいました。今国会で自民党として改憲論を展開することが、国民的議論を今後誘発する上で非常に大事であったと思っていたのですが、残念です。

安倍晋三首相は閉会後の記者会見で、「憲法の課題については、最終的に決めるのは国民の皆様であるという認識を強く持つべきだろうとこう思っています。(中略)それぞれの政党が、憲法についてどういう考え、どういう改正案について考え方を持っているかということを開陳しなければ、国民の皆さんもやはりこの議論を深めようがないのではないのかなとこう思います」と述べられていました。

第二次世界大戦の敗戦の結果として進駐軍にある意味押し付けられた今の憲法、言わば「マッカーサー押し付け憲法」をこれまで日本は金科玉条の如く持ち続けてきたわけですが、良い所も勿論あるにしろ、時代錯誤の様相が顕著になってくる中で、これを守り続けて行くのが日本の将来にとって本当に良いことかが、今正に問われていると思います。

現下激動する国際情勢で現行憲法の改正に踏み切るべきか否か、与野党共に詰まらぬことを言って、詰まらぬ時間を費やすのではなく、唯々主権者たる国民に対し、国民投票における判断材料の提供に努めるべきです。来月下旬にも召集される次期通常国会では日本国憲法を主テーマとし、自民党の改憲案が早々に提示され、それを皮切りに活発な論議が行われることを強く願う次第であります。

他方、今国会で私が年来言い続けてきた持論の幾つかに前進が見られたことに私として非常に満足しています。２０１２年に上梓した拙著『日本経済に追い風が吹いている』（産経新聞出版）の中で、私は「農業・漁業の近代化推進については『農地法』『漁業法』といった戦後すぐにつくられたような法律の抜本的改正を一刻も早く行うべきです」と書きました。今回70年ぶりの抜本改革がなされたことで、我国の漁業分野における生産性向上が図られて行くものと期待されます。

また同書では併せて「少子高齢化に対応した福祉や移民政策の必要性」と題し、「日本はドイツやフランスの移民政策の歴史から学び、やはり知識レベル・教養レベルが比較的高い水準にあると思われる人、あるいは専門的な技能・能力を身につけた人に限って移民をさせるべきです。ただし、その場合、さまざまな社会問題の発生を防ぐために移民のわが国への同化政策を同時にとらなければなりません。そして、そうした若い人達を増やすことによって、社会保障費をまかなっていく必要もあるのではないか」と述べました。

あるいは、「人口減少時代を迎えている日本は、今より格段にフレキシブルな移民政策を認めるという方向にならざるをえないでしょう。経済成長率の基盤は人口増加率と生産性上昇率であり、その意味においてもやはり日本は移民政策に積極的に取り組んでいかねばなりません。（中略）米国の人口は今でも年々1％程度増加していますが、その主因はもちろん移民の流入」にあるとも書きました。今回の「出入国管理及び難民認定法及び法務省設置法の一部を改正する法律案」の成立は、今後国の活力を保って行く上で大きな一歩を踏み出したものと私は評価しています。

参議院選挙前の政治情勢雑感

（２０１９年６月14日）

争点らしい争点がない参院選

ここ最近、新聞各紙の報道等を見ると、「首相、衆参同日選見送りへ　来週最終決断　消費増税は予定通り」（産経新聞）といった論調が支配的になっています。今国会が今月26日の会期末で以て閉幕し、来月４日公示、21日投開票の日程で参院選が実施されるということです。

そこには、「自民党が極秘に実施した参院選の情勢調査では、勝敗を左右する改選数１の１人区32のうち、厳しいのは数選挙区にとどまった」ようで、与党の側に「底堅い内閣支持率を背景に参院選を単独で戦っても勝利できるとの判断」等があったと報じられています。あるいは、「朝日新聞の5月の全国世論調査（電話）で参院選での比例区の投票先は自民37％、公明党6％に対し、立憲民主党12％、国民民主党3％など各種調査でも与党優勢の数字が出て」もいるようです。

こうした状況下、野党第一党党首の枝野幸男氏は「参院選の争点はパリテ（議員が男女同数）、日米貿易協定交渉密約問題、多様性」（5月31日）とか「麻生さん発言……老後2000万円問題」（6月8日）とかと言われていますが、国民には未だ殆ど伝わっていないよう感じられます。私自身はと言うと、何か争点らしい争点は無いと考えており、大体の勝敗は決していると思っています。

他方、安倍晋三首相としては予(かね)てより「夏の参議院選挙で、憲法改正を訴えるべきだという考え」を示されていますから、「改憲論議の是非について国民に信を問うべきだとの意見」も当然持たれていることでしょう。しかし、今国会で又もや「議論すらしない」憲法審査会の有様に象徴されるように、改憲のプロセスは時間が掛かるものであり、来たる参院選で之を積極的には争点化しないものと見ています。尤も悲願の憲法改正を今後本気で成就させようとするならば、安倍首相ご自身が「自民党総裁連続４選」を目指し取組んで行く位でないと中々難しいのではないかと思っています。

また、昨今の風の変化を受け、各種メディアでは今年11月や来年１月等々様々な解散説が浮上していますが、例えば今年９月、最後の最後に消費増税に対する信を問うということも無きにしも非ずという人もおられます。なぜそうした話が出てくるかと言えば、直近の各種指標を例示するまでもなく、現下の経済というのは良い状況に向かっているわけでなく、増税には良いタイミングでないと捉えているからでしょう。

私自身も去年よりも悪いタイミングだと見ていますし、３年前の６月に「世界経済が不透明感を増している」「内需を腰折れさせかねない」等を理由に消費増税の再延期が決断された時よりも、景況は悪く、景気見通しも弱含んでいると見ています。今となっては予定通りの10月の消費増税も、再々延期も、どちらを選んでも、日本の将来にとって極めて厳しい選択とならないかと危惧しています。何れにせよ、安倍首相の最終判断は時の経済情勢に左右されるのだと思いますが、私自身は世界経済に次第にネガティブなインパクトを与えつつある米中の問題が改善しない限り、消費増税の再々延期が日本の進むべき道としてベターであると考えています。

第4章

人生、如何に生くべきか

40歳は山の頂

（2018年12月4日）

「中年の危機」に陥らないために

私が安岡正篤先生と並んで私淑する、明治・大正・昭和と生き抜いた知の巨人である森信三先生は『修身教授録』の中で、次のように述べておられます。

人生を山登りに喩えますと、四十歳はちょうど山の頂のようなもので、（中略）山の頂に達すれば、わが来し方を遙かに見返すことができるとともに、また今後下り行くべき麓路も、大体の見当はつき始めるようなものです。

私自身よく知らなかったのですが、「中年の危機（midlife crisis）」という言葉があるようです。右記の通り、自分の来し方、行く末に思い巡らせる時、40歳位になれば後の人生がある程度見えるということでしょう。仕事においては、それなりの実績を上げた人の方が「あぁ、サラリーマンとして自分は駄目だ。この程度しか出世も出来なかったし……」といったふうに考えて、40代で一種の鬱になって行くような人が結構いるらしいのです。イタリア・フィレンツェ出身の大詩人、ダンテ・アリギエーリ（１２６５－１３２１年）の大作『神曲』の中に、「人生の旅のなかば、正しい道を見失い、私は暗い森をさまよった」とあります。これは正に中年の危機、ミッドライフ・クライシスの描写かもしれません。

あるブログ記事（２０１６年2月13日）では「40歳になってようやくわかる8つのこと」として、①40歳は、会社の中で出世ができるかどうかが、ある程度見える、②40歳は、肩書ではなく何をやったかだ、と知る、③40歳は、「このまま逃げ切ろう」という人と「これからが本当のチャレンジだ」という人が分かれる、④40歳は、「結局、家族や友人が最も大事だ」と気づく、⑤40歳で、真の感謝を知る、等が挙げられています。中年の危機に陥り易い思考をするような40代の人にとっては、①「会社の中で出世ができるかどうかが、ある程度見える」時期に、②「肩書ではなく何をやったかだ」と知り、考えたところ、大したことを何もやっていない、といったケースが一番の悲劇になるのかもしれません。

私自身は嘗て「任天・任運 ~最善の人生態度~」（2015年7月8日）と題したブログ等にも書きましたが、最終的には「天に任せる」「運に任せる」という考え方で今までずっときています。当初期待したような結果が得られなかった場合も、「失敗ではない。この方が寧ろベターなんだ」と、常に自分に言い聞かせながら生きてきている人間です。ですから、そもそも挫折したと思うこともなく、中年の危機の如きクライシスを経験したこともありません。

40代は新たな挑戦に踏み出す時期

他方、40歳というのは、己の来し方を大いに反省するタイミングであることは間違いありません。ただその歳までずっとやり続けた事柄について、振り返ってみて、「この程度だ。自分には何もなかった」とか「俺の人生、大したものでもなかった」とかと考えるところから寝られないようになったり、「もうこれで出世競争から外れてしまった」とか「今後どうやって生きて行ったら良いのだろう」とかとばかり考えていては駄目です。③「これからが本当のチャレンジだ」とか「ゼロから今一度出発してみよう」とかという気になる方が、私は良い生き方だと思います。

一方で、④「結局、家族や友人が最も大事だ」というのは、私に言わせれば、ある面で競争の決着がついたが為の一種の逃げ口上である場合もあるように思います。④のような思いの人に③「このまま逃げ切ろう」という人が結構多いよう感じられます。例えば、安岡先生も座右の銘にされていた「六中観(りくちゅうかん)：忙中閑有り。苦中楽有り。死中活有り。壺中天有り。意中人有り。腹中書有り」の一つ、「壺中天有り」の次の故事は、ブログ「心の病にどう対処すべきか」（2009年11月5日）等で御紹介したものです。

昔費長房という役人がいました。この人が役所の二階から下の市を見ていたところ、遅くなって皆が店を畳んでいるにも拘らず、一人の老人はいつまで経っても畳まずに残っていました。「なぜだろう」と思って見ていると、その老人は壺を取り出してその中に入って行きました。その老人は仙人であったということです。翌日も同じような光景があり、この役人は「自分もその壺の中に連れて行ってもらおう」と考えてその老人と談判し、一緒に連れて行ってもらえることになりました。そして、その壺の中は素晴しい別天地でありました。

人間、行き着く所まで行ってしまったら、違った世界に行き、新たに自分を見出すべく、趣味を持つことでもスポーツをすることでも何かちょっとしたことで意識を変えて行こうとするのは、それはそれで良いと思います。しかし「人生100年時代」と言われている中で、40歳で逃げる人生を選択するのは早過ぎるのではないでしょうか。40代とは基本、新たな挑戦に踏み出す時期として捉えるべきだと考えます。

最後に、⑤「40歳で、真の感謝を知る」のは、あり得ないだろうと思います。仏教では「人身受け難し」として、この世に人の身で生まれてきたということ程、ありがたいことはないではないかとしています。また感謝と言った場合に仏教では、「顕加（けんが）：目に見える何かをして頂いたことへの感謝」と「冥加（みょうが）：表に表れない、見えないものへの感謝」という二通りがあります。

例えば、日々我々が美味しく食事が出来るのは、米を作ってくれる人がいたり、魚を獲ってきてくれる人がいるからであって、そういう気持ちで全てに対する冥加も含め、あらゆる事柄に感謝する気持ちを常に持たねばなりません。そして真の感謝とは、「無窮なる民族生命の無限の流れの末端に、この私も生かされている」（『修身教授録』）、これまで本当に生かされてきた、と棺桶に入る前に思い、最後に感謝をすることだと思います。

以上、長々と述べてきましたが、40歳は山の頂ということでは過去、「仕事との向き合い方～20代・30代・40代・50代～」（２０１３年8月20日）や、「人生の折り返し地点」（２０１６年10月31日）と題したブログにも書きましたので、御興味のある方はそちらも読んでみて下さい。

品格ある年の重ね方

（２０１９年１月25日）

品格こそが最も大事な人間の値打ち

定期購読誌『ハルメク』（２０１８年12月号）の「巻頭インタビュー」は、脚本家の「内館牧子さんが考える品格ある年の重ね方」というものでした。当該テーマに対しては人により様々な解釈があるでしょうが、次に私の考え方を簡潔に述べておきたいと思います。

はじめに、品格や品性ということで私見を申し上げると、とどのつまりそれこそが最も大事な人間の値打ちであり、そこに尽きるのではないかと思っています。之に関しては、

1年前のブログ「品性というもの」等に書いておいた通りです。

例えば、ある程度年をとって結婚式のスピーチを頼まれたといった時、「この人、ダラダラダラダラダラと何か喋ってはいるけれど、何を言っているのかなぁ？ さっぱり分からないんだけど……」と皆から思われるような人は、馬齢を重ねていたと言わざるを得ないでしょう。

やはり、それだけの年をとり、それだけの経験を踏まえたら、それなりの品格が感じられる話が出来る人間になっていないといけない、と私は思います。但し、「人生１００年時代」と言われている中で、仮に80歳で出来たとしても、90歳、１００歳でそのように出来ないかもしれません。90歳を超え、アルツハイマー病になるとか、脳血管性認知症になるとかで、肉体的にどうにもならないというケースも多分にあると思われます。従って、品格ある年の重ね方とは、あくまでも自分の頭がはっきりし、記憶力もあり、判断力も充実している時点において可能なことだと言えましょう。

病気だ、痴呆症だといった状況下で、脳がダメージを受け、機能不全を起こして行く中で、人間が品格を保てなくなるのは仕方がありません。此の時には、その人による品格ある年の重ね方でなく、その人の面倒を見る、例えば家族による品格ある対応の仕方こそが、より大事になるのだと私は思います。

今、どんどん認知症が進みつつある母親（94歳）を見ていて、「品格ある形での応じ方とは、一体どういうものか」とふと考えてみたり、自分自身に言って聞かせたりしています。

動は時を善しとす

（2019年1月16日）

水のように争わず、機が熟するを待つ

「理不尽な環境には『染まる』か『逃げるか』の二択」（2016年5月30日）と題されたブログ記事で筆者は、「抗い続けるのは得策ではないです、自分の人生や家族の人生の方が重要ですからね。理不尽な世界に広がる到底合理的とは思えないルールに従えば、楽でしょう」と言われています。

そしてそれに続けては、「もう一つの選択肢は『逃げる』。（中略）世間ではかなりネガティブな印象をもたれる選択肢ですが、僕は賢いと思ってます」と述べられているのです

が、私としては染まるとか逃げるとかというよりも、「機が熟するを待つ」ということではないかと思います。

例えば老子の場合、世の状況がこれだけ悪く、今出て行っても怨みを買うだけという時には、竹林の七賢人の如く隠遁生活といったものを送っていれば良い、とします。

あるいは老子の「水の哲学」と言われる、次のようなものがあります。


上善は水の若し。水は善く万物を利して而も争わず、衆人の悪む所に処る。故に道に幾し。（中略）それ唯だ争わず、故に尤め無し。


之は、「最上の善とは、たとえば水の様なものである。水は万物に恵みを与えながら万物と争わず、自然と低い場所に集まる。その有り様は『道』に近いものだ。（中略）水の様に争わないでおれば、間違いなど起こらないものだ」といったような意味になります。老子はあくまでも争いを好まない、謙虚で善良な聖人なのです。

しかし他方で、「障害に逢い、激しくその勢力を百倍し得るは水なり」とした豊臣秀吉の知恵袋といわれた黒田官兵衛の「水五訓」とか「水五則」とかと呼ばれる有名な教えもあります。右記『老子』第八章に「動は時を善しとす」とあるように、じっと力を蓄えながらタイミングを見極め、その時が来たら満を持して行動を起こすことが大きな成功を収めるためには大切だと思います。

孔子や荀子は「原清ければ則ち流れ清く、原濁れば則ち流れ濁る」（『荀子』）にあるように、全て本を正さなければならなくて、極端な言い方をすれば戦いも辞さずといった考えです。

縁を生かす

（2019年4月11日）

素直さが縁を呼び込む

プレジデントオンラインに先々月末、「『幸運な出会い』に恵まれる人の思考習慣」と題された記事がありました。企業経営者であるこの筆者自身が「なぜ出会いに恵まれるのか？」を考えるに、「相手の地位や肩書き、業種の違いに関係なく、思ったことを率直に伝え、学んできたことが、沢山の出会いの連鎖に繋がったのではないか」とのことであります。

「縁尋機妙（えんじんきみょう）」とは、仏教にある言葉です。縁が縁を尋ね、その発展の仕方は非常に不思議であるということです。良縁に巡り合うと、また得てして良縁に結び付きますから、次から次に良縁が巡ってくる場合、「運が良かった」となるのでしょう。

嘗てのブログ「運とは何か ～多逢聖因・縁尋機妙～」（２０１４年1月14日）でも述べた通り、運というのは味方に付けるとか、無駄遣いしないといったものでなく、そうした機妙な状況を主体的に創り上げた結果得られるものです。その意味で言うと、運とは常に自分が主体的立場に立ち、与えられたチャンスをどう生かすかということであり、良き全て（人・事・物……）に出会う結果として運も良くなり、様々な事柄が進展して行くわけです。

出会いというのは明治の知の巨人・森信三先生が言われるように、「人間は一生のうち逢うべき人には必ず逢える。しかも一瞬早すぎず、一瞬遅すぎない時に」といった形で、あるのだろうと私も思っています。但し、その人が日頃より一生懸命考え、真剣に自分の為すべきを為し、生きていないとしたら、折角の縁がやってきても気付かなかったり、その縁を逃したりするのです。

小才は縁に出会って縁に気づかず。中才は縁に気づいて縁を生（活）かさず。大才は袖振り合う縁をも生（活）かす――BSフジの番組『この国の行く末2 ～テクノロジーの進化とオープンイノベーション～』（毎週土曜18時～18時30分）の先日の収録時、私は柳生新陰流・柳生家家訓にある此の言葉で締め括りました。

世の中には縁があるにも拘らず縁を生（活）かせない人、縁に気付かない人が沢山いる一方で、「袖振り合うも（＝擦り合うも、触れ合うも、触り合うも）多生の縁」と言いますが、僅かな縁をも生（活）かせる人もいます。柳生家では小・中・大の才と絡める中で、縁を生（活）かす為の条件も考えられていたと思われます。

私は縁が結ばれるのは単に才の有無の問題でなく、その人が有する人間力が大きく影響するのではないかと思っています。縁というのは己に見合ったレベルの中で得られるものですから、良縁を呼び込みたいと思えば、自分が日々社会生活で事上磨錬し、人間力のレベルを上げて行くしかありません。

そして、縁を逃がさず生かして行くには、素直さが先ず大事になります。勿論、良縁と悪縁を峻別（しゅんべつ）することも大切ですが、結局、自ら私利私欲を排し、素直な気持ちを持つことが良き縁に恵まれる第一歩だと思います。

己を尽くす

（２０１９年２月12日）

困難の克服が本物の自信を生む

嘗ての学園ドラマ『スクール☆ウォーズ』のモデルとなったラグビー指導者、山口良治さん（１９４３年－）は「人間の力は、全部出し切らないと増えない。出し切らずに溜めたら逆に減ってしまう」と常々言われていたようです。後半部は減ってしまうというよりも、飛躍なくそこまでの人間で終わってしまう、ということではないでしょうか。

私は、飛躍とは何時もそうですが、今持てる全てを出し切り、乗り越えたところに新たな境地が開ける、といったものだと思います。此の出し切るとは、全身全霊を以て一事に立ち向かうことであり、その達成の先に新たな自信が出来て行きます。

自信とは自らに対する信頼であり、困難を克服できた時に初めて本物になるものです。「艱難汝を玉にす」という言葉がありますが、本物の自信を得たいと思えば、敢えて難事に取り組んでみるのが良いでしょう。

人間、困難に直面しますと、必死になって考え、またその困難の程度が非常に大きいと、従来的発想からの大転換が求められます。松下幸之助さんの言葉を借りて言えば、「かつてない困難からは、かつてない革新が生まれ、かつてない革新からは、かつてない飛躍が生まれる」のです。

そして自信がついてきますと、より大きなスケールで物事を考えられるようなってきます。ちっぽけな世界に生きている人は、ちっぽけな世界でしか物事を考えられません。之は、「井の中の蛙(かわず)大海を知らず」という格言にある通りです。

自らへの信が大きくなり、世界はこんなにも広いものかと知れば知る程、未来へ向けた大きな絵（ビッグピクチャー）が描けるようなってきます。このような考え方を習慣づけていますと、大局的な見方も段々と出来てくるように思います。

凡事の徹底で人は大成する

その一方で、時に誇大妄想的な自信過剰の人を見掛けますが、言わずもがな行き成り飛躍できるはずはありません。そうした類の人達に対しては、「凡事を徹底する」（２０１６年2月23日）と題したブログで次の言葉を贈りました。


ぐずぐず言っている暇に努力しなさい。

貴方の遣るべきを先ず遣り上げなさい。

そして貴方を信頼してくれる人を周りに多く作りなさい。

結果、サポートしてくれる人が増えたらば、そうした力の御蔭を被り貴方が飛躍できるのです。


物事は常に凡事を徹底するに始まり、二宮尊徳翁が説かれる「積小為大(せきしょういだい)：小を積みて大と為す」という基本姿勢を貫かねばなりません。その基本の上に大きな事柄を考えて行くと、小さな問題にぶち当たった時それを克服できるようになると思います。

人生は積み上げて行くものであって、人の才の優劣に拘らず、その時持てる全てを出し切り続け、積み上げた努力の結果として本当の人物になって行きます。小成に安んじたり、才があるがゆえ傲慢になったりしては、結局人物として大成しないということです。

以上より、私は嘗て「今日の森信三（35）」として次のようなツイートをしたことがあります。

誠に至るのは、何よりもまず自分の仕事に全力を挙げて打ちこむということです。すなわち全身心を提げて、それに投入する以外にはないでしょう。かくして誠とは、畢竟するに「己を尽くす」という一事に極まるとも言えるわけです。

此の誠とは換言すれば、信と義を併せたものと言えなくもありません。私は之が如何に大事かを、これまでも当ブログ等で幾度となく指摘してきました。それは、人生を成功に導く上で非常に大事だと思うからです。例えば『中庸』では、「誠は天の道なり。之を誠にするは、人の道なり」と厳（おごそ）かに説かれています。

あるいは『孟子』に、「至誠天に通ず」とか「至誠にして動かざる者は未だこれあらざるなり」とかとありますが、森先生は、自分の全てを投げ出して行く必死の歩みがあってこそ誠は真の力となると言われています。

その為には、「この二度とない人生を、いかに生きるかという根本目標」となる志を打ち立てて、「つねに自分の前途を遠くかつ深く考えながら、一日一日の自分の生活を、できるだけ全力的に充実させて生き」て行かねばなりません。そして、そこから我々の真の人生が始まるのです。

真実に徹して生きる

（2019年5月13日）

良心に恥じぬ生き方を

明治・大正・昭和と生き抜いた知の巨人である森信三先生は、『修身教授録』の中で次のように言われています。

人生の真の意義は、その長さにはなくて、実にその深さにあると言ってよいでしょう。ではそのように人生を深く生きるとは、そもそもいかなることを言うのでしょうか。畢竟するにそれは、真実に徹して生きることの深さを言う外ないでしょう。

そして先生はそれに続けて、「孔子は『朝に道を聞かば夕に死すとも可なり』とさえ言われています。これ人生の真意義が、その時間的な長さにはなくて、深さに存することをのべた最も典型的な言葉と言ってよいでしょう」と述べておられます。此の「人生を深く生きる」「真実に徹して生きる」とは具体的にはどういうことなのか、ちょっと考察してみましょう。

私は嘗て、「相対観から解脱せよ」（２０１５年1月30日）と題したブログの中で、森先生の次の言葉、「嫉妬については、わたくしは個としてのわれわれ人間が、自己の存立をおびやかされることへの一種の根源的危惧感にその根源的本質はあると考える」を御紹介したことがあります。人間というのは、人の成功は恨めしく思ったり、腹立たしく感じたり、といったふうになりがちな動物です。

しかし在るべきは此の妬(ねた)み・嫉(そね)み・嫉妬の類全てを超越でき、例えば人の悲しみを悲しみとして自らも感じるようになり、人の喜びも喜びとして一緒になって喜べるようになるといった形で、人の悲喜を真に分かち合える生き方だと私は考えます。

更に言えば、『論語』に「君子は人の美を成す」（顔淵第十二の十六）という孔子の言があります。人の長所は長所として認め、人の短所は短所として分かった上で、その「人の美」を追求し、益々それが良きものになるよう手伝ってあげようと思うのが、君子の生き方なのです。そのように、人の悲喜を真に分かち合うに留まらず、他の人の成長を助けるところまで行ければ最高です。

仮にそうした生き方が出来ているとしたら、その人は取りも直さず一つに、中国古典で言う「自得（じとく）：本当の自分、絶対的な自己を掴む」、仏教で言う「見性（けんしょう）：心の奥深くに潜む自身の本来の姿を見極める」が出来ているのでしょう。人生を深く生きるためには「自得」が必要条件だと思います。本当の自分が分からずして、真実に徹して生きることは不可能でしょう。「自己を得る」ことが如何に重要であるかは、古今東西を問わず、先哲が諭していることであります。

以上より、私流に「人生を深く生きる」「真実に徹して生きる」を端的に解釈すれば、「自得」「見性」を事柄全てにおける出発点とし、妬み・嫉み・嫉妬の類等々ある意味、人間に付き物の性癖とも言い得る様々を超越し、そして本来の自分の良心に辿り着き、その良心に恥じぬ生き方を貫き通す、ということになります。

夢から全てが始まる

（2019年5月17日）

夢なき者に成功なし

「人間力・仕事力を高めるWEB chichi」に今年2月、「人気作家・浅見帆帆子（ほほこ）が明かす好運が長続きしない3つの理由」と題された記事があり、その中で筆者は次の通り言われていました。

夢や目標を持つ意味は、それを達成することだけではなくて、半分はその途中で起こる出来事や人との出会いによって自分を成長させることにあるんですよね。夢や目標って達成することにこだわり過ぎると、それに執着してしまって、逆に遠のいていくんです。

右記後半部に関し、簡潔に私見を申し上げると、先ず抱いた夢への拘りが執着になるというふうにも思いませんし、況してや、夢を持つこと自体を決して否定するべきではないと思います。吉田松陰の「夢なき者に理想なし、理想なき者に計画なし、計画なき者に実行なし、実行なき者に成功なし。故に、夢なき者に成功なし」とは、実に至言です。あらゆる事柄は夢から出発するわけで、我々は常に夢を持ち続けねばなりません。夢を持たないことには、理想もなければ計画もなく、実行もなければ成功もないのです。

此の松陰の「夢」というのは、言葉を換えれば志です。一つの理想を描き、そこに到達するんだといった強い意思を志と言っても良いでしょう。志は、野心とは全く違います。志とは利他的なものであって、必ず世のため人のためということが入っていなければなりません。夢というのもまた、世のため人のためという要素が含まれていなければなりません。そして、その夢が結果において世のため人のためになるならば、大いに夢を抱き、その実現を常に強く思い続けて、妥協せず、必死になって追求して行ったら良いでしょう。

夢の実現とは一足飛びに行くわけでなく、それに向かって一歩一歩、しかし着実な努力が必要です。それは着実な成果を生むための努力でなければならず、その歩みの一歩一歩が本当に正しいか否かを、ずっと検証して行かねばなりません。そうして、「その道を歩めば目的地に行けるか。もっと近道はないのか」といった反省を繰り返しながら、前に向けての策を真剣に練り続けることが求められるのです。

兎にも角にも、昔から「必要は発明の母」と言われますが、例えば鳥が飛んでいるのを見ては「私も空を飛んでみたい」と夢を持つことが第一歩です。これまでの人類の発明・発見というのは、やはり「○○をしたい」といった感情が出発点である気がします。そしてその必要性がため、考えに考えた末、ふっと閃き、それをヒントにして、また考え抜いて、目標を達成してきたのです。

夢が実現するかどうかは天の配剤です。また、夢にも世のため人のためといったことが含まれていなければ意味がありません。それが含まれていない夢は野心と同じです。天はこうした野心のみの夢の実現をサポートしないと思います。世のため人のためになることで、夢を持って努力していれば、必ずその夢（志）を共有する仲間やその実現のための支援者が現れてくるでしょう。その意味で浅見さんの前段で言われていることは、その通りだと思います。

最高を極める努力

（2019年5月23日）

死を覚悟して真剣に生き切る

天台宗の僧侶・堀澤祖門さん曰く、「70年近く行を続けてきたわけだけど、行そのものには終わりはない。ただね、終わりはないけれども、いつまでも『まだまだ』じゃダメ。不安感で覆われてしまうからね。それを断ち切るにはどこかで『よし』という気持ちを持たないといけない」とのことです。

堀澤さんは更に続けられて、「『よし』ということは終わりじゃなくて、自分で納得してまた新たに進んでいくということ。進行形と、ゴールに既に着いているということは同時なの。でも、自分で『よし』と手応えを感じるまでには50～60年かかったな」と言われています。

例えば画家は、「絵を何時何時までに完成して下さい」という注文を受けたら、一回ぐらいは延ばすかもしれませんが、そう度々その期限を延ばすわけには行きません。それゆえ自ずと、その期限内に自分が出来るベストなところに挑戦するのです。但し、それが完全に自分も満足できるようなところかと言うと、必ずしもそうではないかもしれません。

そういうふうに世の事柄には何処かで句切りがあるものです。そして句切りを設けない場合、ダラダラになってしまうのは、人間である以上、仕方がない部分もあろうかと思います。ですから一旦句切った方が、その間を必死になって集中してやり抜いて、良い結果に繋げることが出来たりもするのです。

一たび終わりを決めることで、一つ一つの過程夫々で最高を極める努力をして行くのです。何時まで経っても「いやいや、まだまだ、いや、まだだ」といったようでは、一生が終わりになってしまいます。やはり「人間終わりがある」という覚悟の中で生きて行くことが、今持てる全てを出し切った形での最高傑作に繋がって行くのだろうと思います。

松尾芭蕉が臨終の床にあって、「きのうの発句は今日の辞世、きょうの発句は明日の辞世、われ生涯いいすてし句々、一句として辞世ならざるはなし」（『花屋日記』）と弟子達に言っているのは、芭蕉が死を覚悟して日々真剣に生き切ったということをよく表しています。

人間いつ死ぬか分からない。だから芭蕉は、今日創った句が辞世の句になっても良いという覚悟で以て、俳句に向き合っていたのです。そんな芭蕉の本当に最後となった辞世の句、それは「旅に病んで夢は枯野をかけ廻る」というものでした。我々も自分の生を生き切るべく、こうした先人の生き方に学び、時間を惜しんで、日々研鑽し、努力し続けねばならないと思います。

一日は一生の縮図であり、一瞬一瞬の積み重ねが一日になり、一日の積み重ねが一カ月、一年、一生となります。そう考えれば、有限な時間を一瞬たりとも無駄には出来ません。一つ一つのピリオドを迎える迄、その時その時を死ぬ気になって一生懸命やり抜くのです。そして次のステージではその経験が肥やしとなり、一段高いレベルに自分が到達していることでしょう。人生そうやって時時、最高を極める努力を積み重ねて行くということです。

常に積善を志す

（２０１９年５月30日）

善行を施し、運気を強くする

私が私淑する明治の知の巨人・安岡正篤先生は、「我々は悪を除くには急進的で、善に対しては保守的でなければならぬ」と述べておられます。前段に関しては文字通り、悪を除去すべく直ちに行動を起こし、一刻も早くそれをやり遂げようとする強い意志を持たねばならない、ということでしょう。本ブログでは以下、後段につき、私が思うところを簡潔に述べて行きたいと思います。

結論から申し上げれば、こと善に対しては慌てて自己宣伝の如く売り込むのではなく、自然とそういう流れが出来、自然と伝わって行く中で善行をすべきである、というふうに理解したら良いのではないでしょうか。それは安岡先生が、人生を健康に生きて行く上で大事な三つのこと、「心中常に喜神を含むこと」「心中絶えず感謝の念を含むこと」「常に陰徳を志すこと」として、陰徳を積むことを挙げておられます。

此の「常に陰徳を志す」とは、「絶えず人知れぬ善いことをする」ということであります。「俺は世のため人のために、之だけのことをしたんだ！」と言って回るのでなく、誰見ざる、聞かざるの中で、世に良いと思う事柄に対して一生懸命に取組むのです。安岡先生は御著書『運命を創る』の中で、「何か人知れず良心が満足するようなことを、大なり小なりやると、常に喜神を含む（どんなに苦しいことに遭っても、心のどこか奥の方に喜びを持つ）ことができます」と言われますが、正にその通りだと思います。

また、陰徳を積めば精神が潑剌（はつらつ）としてくるだけでなく、良い運が巡ってきます。「情けは人の為ならず」という言葉があるように、人の為にすることが軈（やが）て自分に返ってくるのです。『易経』の「積善の家には必ず余慶（よけい）有り。積不善の家には必ず余殃（よおう）有り」という教えも同じことを言っています。善行を積み重ねた家にはその功徳により幸せが訪れ、不善を積み重ねた家にはその報いとして災難が齎されることを説いています。

ですから、運命を良くする為には善因をつくらねばなりません。「善因善果（ぜんいんぜんか）・悪因悪果（あくいんあっか）」という禅語がありますが、之は良いことをやれば良い結果が生まれ、悪いことをやれば悪い結果が生まれるといった意味です。但し、良い結果を期待してやるのではなく、陰徳と迄は行かずとも、当たり前の行為として善行を積み重ねるのです。安岡先生も、ある意味、複雑軽妙な因果律「数の法則」に従って、善因善果・悪因悪果というようになると言われています。

拙著『ビジネスに活かす「論語」』（致知出版社）のエピローグ「運命とは自ら切り開き、創っていくもの」にも書いたように、運命を切り開くには、自分の努力に関わる部分と、偶然の齎す幸運に関わる部分があるでしょう。それに加えて、生き方によって運気を強くすることも出来るのではないかと思うのです。それは即ち、善行を施して行くという生き方です。運気を強くするには日々自分を律し、事の大小を問わず、機会を見つけて陰徳を積むようにし、自らの心を常に綺麗にして置くことが大切だと思います。

習慣というもの

（２０１９年８月21日）

良き習慣を身につければ、人物が出来てくる

BUSINESS INSIDER JAPANに「成功者、11の習慣」（２０１９年６月９日）と題された記事があり、「感情をコントロールする」「読書が好き」「１人の時間を大切にする」等々と並んで「ルーティンにこだわる」ということが挙げられています。そこでは「成功者は『決まったルーティンや儀式が毎日の始まりと終わりにある』と指摘」されています。

此のルーティンということでは私の場合、いつもマーケットから出発しています。寝る前に必ず欧米の金利・為替・株式・債券等々のマーケットはどうなっているかとチェック

をし、起きて直ぐにそれらの相場がどうなったのかを確認します。その上で、マーケットが大きく動いたとしたら、そこに如何なる事情・背景があり、一時的なものかどうかを探るわけです。之は、相場に生きる人間にとって必須だと思っています。

このようにして私は１９７４年に野村證券に入社して以来、今日まで、過去45年に亘り、右記の世界中のマーケットを見続けることを一つのルーティンにしてきました。之は、数多くの種々の金融業に身を置く者として相場がどういうふうに動いているのかに関し、常に自分なりの主体的な判断を持たねばならない、との思いからやってきたのです。

こうしたルーティンと習慣とは、少し違うような気がします。どちらかと言うと、ルーティンというのは良い悪いは別にして、やらねばならないこととして、毎日やるべきことを機械的に熟（こな）す、といった類です。他方で習慣というのは、良い習慣と悪い習慣とがあると思います。

例えば、寝る前に酒を飲むとか、起きたら直ぐに煙草を一服、といった習慣は健康上も余り良いとは言えず、悪い習慣に入りましょう。逆に良い習慣とは、例えば、常日頃から精神の糧になるような読書をし、その中で得た事柄を自分の今日の生活に如何に活かして行くかと考えること等であります。

あるいは、寝る前に自分の今日一日を振り返って見て反省する、というのも良い習慣の一つだと思います。人間としての生き方に問題はなかったか？とか、今日一日ベストを尽くしたか？……Have I done my best?　といった形で自らに問うて反省するのです。そしてまた、朝起きて活動を始めるに当たり、今日こそベストを尽くそう！……I'll do my best!　といった具合に考えることはあっても良いように思います。こうしたことを習慣にしている人は、人物も出来てくるものです。

『論語』の中にも「教えありて類なし」（衛霊公第十五の三十九）、あるいは「性、相近し。習えば、相遠し」（陽貨第十七の二）という孔子の言があります。前者は「人間には、教育による違いはあるが、生まれつきの違いはない」といった意味で、しっかりと学ぶことを怠らなければ、誰でも立派な人物になれるということです。また後者も似たような言葉で、「生まれた時は誰でも似たり寄ったりで、そんなに大きな差はない。その後の習慣や学習の違いによって、大きな差が出てくるのだ」といった意味になります。私も孔子の言の通りだと思っています。

第5章

時代を見つめ、思惟を巡らす

これから仮想通貨の大躍進が始まる!

（２０１８年11月６日）

金融の世界で訪れる革命的な変化

ＳＢクリエイティブ社から『これから仮想通貨の大躍進が始まる！』という本を上梓しました。

今、金融の世界が大きく変わろうとしています。「仮想通貨」「ブロックチェーン」「フィンテック」――近年、このような新しいキーワードが続々と登場し、「キャッシュレス社会の到来」や「銀行の消滅」といったことが現実味を持って語られるようになっています。

もはや、現金以外の支払手段は、クレジットカードや電子マネーだけではありません。コンビニエンスストアでは、ＱＲコードやスマートフォンを使ったもの等、様々な支払手段が次々と登場しています。振込や入金に加え、様々な金融商品への投資が手軽にスマートフォンで可能になる一方、銀行の支店やＡＴＭの減少が目立っています。金融業界に携わっている人だけではなく、一般の方々も金融の世界が変わりつつあることを肌で感じていることでしょう。

そして、もう一つ、本書を手に取って下さる皆さんが、気になっているものがあると思います。「仮想通貨」（暗号資産）です。２０１７年、仮想通貨の代名詞である「ビットコイン」の価格が、1年間で20倍以上も上昇しました。ところが、同年12月下旬に、今度はビットコインの価格が急落し、「ビットコインのバブルが弾けた」「仮想通貨は終わった」という見方が世の中で多数を占めるようになりました。そうした見方は、本当に正しいのでしょうか？

私は１９９９年にＳＢＩグループを立ち上げて以降、オンライン金融の最前線で金融サービスを提供してきました。フィンテックやブロックチェーンが登場してからは、積極的にＳＢＩグループへのそうした革新的な技術の導入に尽力しています。例えば、国内の有力な多くの金融機関と共にＳＢＩリップルアジアが事務局となり「内外為替一元化コンソーシアム」を立ち上げて、世界の金融機関の先頭に立って、国内外での送金の仕組を抜本的に改革することを目指しています。

また、２０１８年に入って、国内初となる仮想通貨を含む決済用コインのオープンプラットフォーム「Ｓコインプラットフォーム」を構築すると共に、新たに仮想通貨の取引所を開設しました。これまで積み重ねてきた金融サービスや、最先端技術の導入によって培ってきた知見を基に、これから金融の世界がどう変わって行くのかについて、私なりのイメージはできています。

ごくシンプルに言いましょう――これから金融の世界では、仮想通貨とその基盤技術であるブロックチェーンによる「革命的」な変化が起きます。それに伴い、私達の日常生活も劇的に変わるでしょう。

仮想通貨が「世界通貨」に

　実は、社会のキャッシュレス化や銀行の消滅の可能性と、仮想通貨の動向とは全て繋がっています。仮想通貨は「終わる」ことなく、徐々に市民権を得て行くでしょう。それには、機関投資家の本格的な参入や実用化に向けた国際的な取り組みの加速、国内では統一的な業界ルールの確立といった幾つかの条件が揃うことが前提となりますが、時間の問題です。

　大事なことは、仮想通貨を支えるブロックチェーンは、近い将来、様々な分野で応用され、個人と個人、あるいは個人と企業が直接「価値の交換」ができる社会を具現化することです。その時は、恐らく銀行や証券会社といった既存の伝統的な金融機関だけでなく、現在インターネット上でプラットフォームを提供しているＩＴやカード会社等、価値の交換を仲介している会社もなくなっているかもしれません。

　仮想通貨による革命は、それ程のインパクトを持っているのです。現在、金融の世界で起きている変化は、そうした将来の大変化への第一歩です。１９９０年代、インターネットが普及するにつれ、多くの人が大きな技術革新の波が起きつつあることを実感したと思います。もしかすると、仮想通貨とブロックチェーンが起こす技術革新の波は、嘗てのインターネット革命よりも大きいものになる可能性を秘めています。

様々なフィンテックサービスが登場し始めた２０１０年代初頭は、経済の景気循環で言う所の「コンドラチェフ・サイクル」のスタートに該当しています。コンドラチェフ・サイクルとは、景気循環の中で最も長期の波動であり、約50～60年毎に訪れるとされています。より短い他の景気循環は、設備投資や建設投資によって起きるとされますが、コンドラチェフ・サイクルは、技術革新が主因となって起きると言われています。

フィンテックとは幅広い概念で、ブロックチェーンだけでなく、ビッグデータやＡＩ（人工知能）、ロボティクス、ＩｏＴ（モノのインターネット化）といった、夫々が大きな可能性を秘めたテクノロジーも包含されています。それがブロックチェーンと結合して、革命的なサービスを生み出し得るのです。そうした革命の終着点は、仮想通貨が世界通貨として世界中を流通することだと考えています。

私にとってビットコインの最大の功績は、どの国にも管理されない通貨が、基軸通貨、即ち「世界通貨」として存在し得る可能性を感じさせてくれたことです。できれば、私の目で、そうした世界を見たいと願っています。インターネットが登場して、約30年で世界はここまで変わりました。私の願望は、そう無理からぬことではないかもしれません。

新しい年を迎えるに当たって

（２０１８年12月28日）

意気を新たにする

明治の知の巨人・安岡正篤先生は、「歳暮（せいぼ）の箴（しん）」の第一番目として「年また ここに暮る。悔無きや」と述べておられます。

旧年中に終わらせるべき様々な事柄を終わらせておくとか、新年に向かって禍根を残さぬよう色々な事柄を終わらせておく、といったことが大事です。

そして先生は、「年頭自警」として次の五点を挙げておられます。特に年初に当たって、第一に挙げられるべきは「意気を新たにする」ということだと思います。

一、年頭まず自ら意気を新たにすべし
二、年頭古き悔恨（かいこん）を棄（す）つべし
三、年頭決然滞事（けつぜんたいじ）を一掃すべし
四、年頭新たに一善事を発願（ほつがん）すべし
五、年頭新たに一佳書を読み始むべし

此の一年を振り返り反省して、出来たこと、出来なかったことに振り分けてみるのも良いでしょう。

あるいは、世の中こう変わったから来年こういうことをやろう、といった抱負を持つのも良いでしょう。

何れにしても、意気（事をやりとげようとする積極的な気持ち）を新たにする、ということが必要です。

また、仕事に関する事柄に限らずに、例えば自身の年相応に健康に気を付けようと意識

することも大事です。

そうして全般に反省しつつ、世の変化を見通しながら、やめること、やろうと思うことを決め、次の一年を計画性を持って緻密にやり遂げて行くことだと思います。

今年一年、小生の拙いブログを御愛顧いただき誠に有難う御座いました。

来年が皆様方にとって良い年になりますよう、心より祈念致します。

年頭所感

（2019年1月4日）

今年の干支は己亥

明けまして御目出度う御座います。

今年は東京始め多くの地域で天候に恵まれ、皆様も楽しい正月休みを過ごされたのではないでしょうか。

それでは、早速吉例に従い、今年の年相を干支で見ましょう。

今年の干支は己亥（きがい・つちのとい）です。

最初に、古代中国の自然哲学である陰陽五行説（ごぎょうせつ）で見ましょう。

己(つちのと)は土の弟ですから、「土」の性質があり、弟ですから陰です。亥は五行で表すと「水」になります。

つまり「己亥」は土と水の組み合わせということで、土が水を濁(にご)らせたり、水をせき止めるので、土剋水(どこくすい)という対立・矛盾する「相剋(そうこく)」の関係となり、本年は波乱の年となることを暗示しています。

このことを念頭に置いていただき、己亥それぞれの字義について詳説致しましょう。

先ず、「己」ですが、その甲骨文の解釈については、諸説ありますが、代表的なものとして、白川静博士は「定規に似た器の形または糸を捲(まき)取る器」と見ておられます。他説としては、曲りくねった長い糸の端の形と見たり、伸びた新芽の曲った形と見るものがあります。己を曲りくねった糸の端緒の形と見ると、その紊乱(びんらん)した糸の端を引き出して、その糸筋を正しく整理する義を持つ「紀」のもとの字が「己」であると解し、「己は紀なり」となります。「己」は「おのれ」を意味しますから、「己を正す」ということにもなります。

また、抑屈し曲っていた新芽が曲がりながらさらに伸び起こってくることから、『五行大義』に「己の言は起なり」として、「己」は「起」の原字だと説いています。漢の名書

『白虎通』にも己は「抑屈より起こる」とあります。

次に「亥」の字義について見ましょう。語源的には「豕（いのこ）・豚、猪など」の象形文字です。亥は旧暦の十月であり、植物の果実が硬い核、すなわち「種（たね）」を形成する時です。そしてその「種」の中に一種の起爆性エネルギーが凝縮・蓄積されている状態です。つまり植物の生命が種子の中に閉じこめられ、閡（とざ）されている状態です。『釈名（しゃくみょう）』ではそうした状態を「亥は核である。百物を収蔵す」とか「物皆堅核と成る」意と説明されています。

また、『説文』に「微陽起こり、盛陰に接す」とあり、新生の気が萌（きざ）す回生の兆（きざし）です。『史記律書』にも「亥は陽気下に蔵す故に該（そなわる）なり」とあります。つまりエネルギーを蓄えて次の世代へと向かう準備をしているのです。王筠（おういん）の『説文解字句読』に「一に始まり亥に終わるは、亥は一に反（かえ）りて、循環して端無し」とあり、十二支の最後に循環・転換の意が含められているのです。

直進的なエネルギーが働く年

以上、「己」・「亥」それぞれの字義を統合しますと「己亥」の年相は次のようになります。

前年の戊戌の年の煩雑さや複雑さが、今年にかなりの部分が未解決な状態で持ち越されてきたようです。例えば米中貿易戦争、米朝の核問題、英国のブレグジット等々、今年解決すべき重大課題として多く残っています。その上、今年は物事が順調に進みにくい相剋の年ということもあり、なかなか難しい年です。

そうした年相だからこそ、先ず何よりも己を正すことが必要です。

『荘子』にも「己を正すのみ。小識は徳を傷り、小行は道を傷る：小さな計らいは徳を傷つけ、小さな行いは道を傷つけるだけで、己を正すことより自己の本来の性に立ちかえり、至楽の境地が実現し、『志』を得るということになる」とあります。己を正し、紊れた糸筋を通して、前年からのごたごたを順次解消していかなければなりません。その場合、

「亥」が色々なエネルギーや問題を秘めていることに留意しなければなりません。時として、爆発的なネガティブなことが発生する可能性があるのです。

現に、亥年の年は次のような大きな自然災害が非常に多く発生しました。

1707年：江戸時代の南海トラフのほぼ全域に亘る巨大地震である宝永地震、富士山宝永噴火
1923年：関東大震災
1983年：日本海中部地震、三宅島噴火
1995年：阪神淡路大震災
2007年：新潟県中越沖地震

このように史実の歴表に徴（ちょう）してみますと、前記した己亥の年相がよく御理解いただけると思いますので、60年前の己亥の年の出来事を見てみましょう。

60年前の1959年は、1月1日のキューバ革命で幕を開けました。

3月にはチベット蜂起がチベット自治区の中心都市ラサで始まりました。反中国・反共産主義の民衆暴動の勃発です。また日本では日米安保条約改定阻止国民会議が結成され、翌年の国論を二分する安保闘争へとつながっていきました。

4月には、今上天皇と正田美智子さんが御成婚されました。その今上天皇が今年の4月30日に退位されることが決まっております。両陛下が御元気で60周年のダイヤモンド婚を迎えられることは真に感慨深いものがあります。

8月には1月のアラスカに続き、ハワイがアメリカの50番目の州となり、現在のアメリカ合衆国が出来上がりました。

9月には、伊勢湾台風により死者5041人、被害家屋57万戸という明治以後最大の台風被害が齎されました。また同9月にソ連のフルシチョフ首相が訪米し、アイゼンハワー米大統領と第二次大戦後初の首脳会談が行われました。これにより冷戦時代に一時的雪どけ状態が齎されたわけです。

文化面では日本人初の二つの快挙がありました。一つは、小澤征爾さんが世界的なブザンソン国際指揮者コンクールで初優勝。小澤さんはなんと応募の締切日にこのコンクールのことを知り、応募したら優勝だったらしいです。

もう一つは、ミス・ユニバース世界大会で児島明子さんが優勝しました。児島さんは日本代表になるまで3回も挑戦しており、すんなりと行ったわけではなかったらしいです。

この年には１９６４年の東京オリンピックの開催も決まりました。

経済面では、１９５８年7月から始まった岩戸景気の真っ只中で、二桁の実質経済成長が59年度、60年度と続きました。60年度末には徐々に好景気も末期症状を見せるようになりＣＰＩも上がり始めました。

前期のように己亥の年には良くも悪くも非常に強い直進的なエネルギーが働きます。従って自身の充実と成長を心掛けると、爆発的な個人的成果が出るかもしれません。

最後に、以上記した年相を踏まえ、我々ＳＢＩグループとしてはどうあるべきかについて触れておきます。

第１に、ＳＢＩホールディングスは御承知のように今年7月8日に創業20周年を迎えます。今年の年相に因んでグループ全体としてこれまでのあり方や各役職員の態度や意識の綱紀粛正を図り、次なる飛躍を目指す準備をする年としていきます。

第2に、今年は全く新しい挑戦をするというよりは、去年までに打ち出した未完の戦略や培ってきたことを大切にし、しっかりと地固めをしていく年としていきます。具体的には、①ブロックチェーンの技術をグループ各社に活用させるべくFintech2.0への動きの加速化、②地域創生に向けた地域金融機関との共創の推進、③SBIデジタルアセットの生態系の収益化、が挙げられます。

第3に、今年は国の内外で政治・経済両面で予期せぬ大きな変化や転換が起きうる年相なので、グループ各社で人財の育成や財務基盤の強化、自然災害に向けた安全対策といった基本的な面で内部の充実を図り、備えておくことが肝要です。

以上、肝に銘じておいていただきたいと思います。

『挑戦と進化の経営』刊行に当たって

（2019年6月7日）

経営理念の堅持が、爆発的な成長を生んだ

2019年5月1日、「平成」から「令和」への改元を迎え、新たな時代の幕が開かれました。同年7月8日、私どもSBIグループは創業20周年を迎えます。

振り返ればこの20年、日本はもとより世界中で様々な出来事があり、社会や経済は劇的に変化しました。そうした中、創業当時わずか社員55人、資本金5000万円に過ぎなかった企業が、社員約6400人（2019年3月末現在）、時価総額約6000億円（直近ピーク時には8000億円超）の金融グループに成長しました。

現在は、証券、銀行、保険を網羅する金融サービス事業、ベンチャー投資等のアセットマネジメント事業、そしてテクノロジーを活用した新薬開発などを手掛けるバイオ関連事業を三大事業とし、盤石な事業体制を整えています。2019年3月末時点でSBIグループが保有する顧客基盤は2520万超、グループの累計投資社数は国内外合わせて1524社、エグジット率（当社グループが保有している企業の株式新規公開やM&Aで、当社グループがその保有株を放出したケースの比率）は16・3%と高いパフォーマンスを誇っています。

なぜ私どもがここまで成長できたのか。そこには様々な要因が挙げられますが、何よりその時々における戦略・戦術の取り組みが時流に乗っていたことや創業以来一貫して、お客様のため投資家の皆様のために顧客中心主義を貫き、より革新的なサービス・ビジネスの創出に努めてきたということがあります。そしてその根底には私が創業に当たって定めた5つの「経営理念」を愚直に堅持し、弛まず実践してきたからであると考えています。

5つの経営理念の中で一番目に掲げたのは「正しい倫理的価値観を持つ」ということです。これは、私が21年間に亘って勤めた野村證券を辞める間際に発覚した損失補填問題などがきっかけになっています。当時の田淵義久社長は非常に素晴らしい経営者であったにも拘わらず、残念ながらバブルが膨らむ過程で第一線の営業担当者や管理職の倫理観が著しく欠如する状態になっていたと言わざるを得ません。

その教訓と反省に立ち、私はＳＢＩグループのスタートに当たり、先ず「正しい倫理的価値観を持つ」ということを掲げたのです。正しい倫理的価値観が求められるのは金融業界に限りません。この20年を振り返ってみても、それを蔑ろにしたため弱体化したり、破綻の淵に追い込まれたりした企業は枚挙に暇がないことは皆様もご存知の通りでしょう。お金を扱う金融業にとっては、とりわけ正しい倫理的価値観は事業の大前提です。

また５つの経営理念の一つにどうしても加えておかなければならないと思ったのが、「社会的責任を全うする」ということでした。「社会なくして企業なく、企業なくして社会なし」――すなわち、企業とは社会にあって初めて存在できるものであり、社会から離れては存在できないものと私は考えています。だから経営トップは私企業としての「私益」だけでなく常に「公益」を念頭に置き、様々なステークホルダー相互間の利害の調整を図らなければなりません。

ですから私は「日本の最重要な資源は人材である」という認識に基づき、深刻な問題を抱える虐待を受けた子どもたちの支援など児童福祉の向上に焦点を当て、ＳＢＩ子ども希望財団や社会福祉法人慈徳院（児童心理治療施設こどもの心のケアハウス嵐山学園）を通じて、児童福祉の向上に10年以上取り組んでまいりました。また人物を育てるという思いでＳＢＩ大学院大学も設立しました。こうした企業としての社会的責任を果たすことで企業の「徳」を磨き、それを様々なステークホルダーからの信頼に繋げ、「強くて尊敬される企業」を目指してきたのです。

「社徳」を高め、発展を遂げてきた

私は今年68歳ですが幸いにも健康であり、判断力、直観力はむしろ若い頃より勝っていると感じるほどです。しかし、気力、知力、体力に自信を持てなくなる時がいずれ来るでしょう。そのときは潔く身を引くつもりですが、一方でＳＢＩグループは永続企業（ゴーイングコンサーン）として発展していかなければなりません。また、事業は真の徳業でなければなりません。そして、時流に乗って長期に亘り顧客に便益を与え続け、同時に企業として様々なステークホルダーとの調和を図らねばなりません。一時代でも世の中が大きく変化する中で、会社をいかに進化させ続け、何百年もの間、永続させることができるのかということをグループ創業当初から真剣に考えていました。

私が出した答えは、「自己否定」「自己変革」「自己進化」のプロセスを続けるしかないということです。それが経営理念の一つにも掲げている「セルフエボリューションの継続」ということです。例えば私が創業以来欠かさないことは、四半期ごとの決算説明において必ず新しいビジネスコンセプト「Something New」を盛り込むことです。厳しいハードルですが、だからこそ日々、新たな発想を求め、事業の革新に取り組み、さらなる飛躍に繋げていこうとしているのです。この姿勢を多くの社員と共有することで、これからもＳＢＩグループは成長し続けることができると信じています。

本書では、ＳＢＩグループの20年に亘る挑戦と進化の軌跡を振り返るとともに、その根底に流れている事業構築の基本観や経営トップとしての私の考えをまとめました。人に「人徳」があるように企業にも「社徳」があると私は考えています。「社徳」を高めることを目指して発展を遂げてきたＳＢＩグループの歩みは様々なステークホルダーの皆様との歩みでもあります。この場をお借りしてＳＢＩグループ創業20年を共に歩んでくださった皆様に深謝致したいと思います。そして、これからの時代に企業はいかにあるべきか、本書が経営に関心を持たれているすべての人にとって有益な一書となれば幸甚であります。

ＳＢＩグループ創業20周年記念式典

（２０１９年7月9日）

20年の歩みを振り返る

昨日、ＳＢＩグループは創業20周年を迎え、記念式典を執り行いました。本ブログでは以下、式典での私の御挨拶を記しておきます。

本日は私共ＳＢＩグループ創業20周年に当たりますので、いささか記念の催しをとお招き申し上げましたところ、皆様にはご多忙中にもかかわらず、第一部、第二部をあわせまして２０００人以上に及ぶ多数の方々にご参集いただけることになり、感謝に堪えない次第でございます。厚く御礼を申し上げます。

　回顧すれば今から20年前、私は当時48歳でございましたが、資本金はソフトバンクからご出資いただいた５０００万円、当時グループの創業にかかわった者が55人ということでありました。

　今日では資本金は９２０億円になり、役職員数は６０００人を超え、株式時価総額も六千数百億円程度となりました。事業の方は、証券、銀行、保険を中心としたオンライン金融業界の雄と成り、また国内最大規模のベンチャーキャピタルを有し、さらにＩＴと並び、今世紀の中核的な産業であるバイオ領域にも進出しました。また海外においても、アジアを中心として様々な国で、ベンチャー投資や様々な金融サービス業を展開致しております。

　私共が今日かかる隆盛を見るに至ったのは、創業メンバーをはじめ、その後に参画した多くの役職員各位の粒粒辛苦と、当グループ各分野のお客様及びお取引先各位の継続的なサポートの賜物であり、私にとりましては、誠に欣快(きんかい)至極であるとともに深甚なる感謝の念でいっぱいであります。

　この週末、この場で何をどのようにお話したら良いか、過去20年の歩みを反芻しながら逡巡しておりました。その中で様々なことが走馬灯のように思い出されてきたのですが、そこで気づいたのは、その大半がどちらかといえば苦難の時の思い出でした。

創業以来、様々な世界的な経済的大事件が起こりました。例えば、パリバショック、リーマンショック、ギリシャ危機、ユーロ危機、加えて、イランや北朝鮮における地政学的リスクの高まりなどといった世界中の経済や企業へ様々に甚大な影響を与えた大事件です。

そんな中で我々がどうやって、生き残り、かつ成長できたかと考えますに、一つはこうした未曾有の大事件をいち早く察知できたこと、そしてさらに、目前の困難に対処すべくそれぞれのタイミングで様々な役職員が持てる英知を結集し、グループ一丸となり、奮闘努力したことによると思います。そしてさらに、そうしたピンチをチャンスにつなげるということもやって来られたというふうに思っています。

人生の本舞台は常に将来に在り

思い出というものは、どちらかというと楽しいものはさーっと脳裏から消え去り、残っている苦難の時の思い出は今となってみれば、よく乗り越えられたという感慨となり、そうした苦難の経験は、それを乗り越えられたという自信と困難に立ち向かっていく勇気を醸成してきたように思います。

この節目に当たり、次の20年を考える時に、我々はこれまでを冷静に振り返りつつ脚下の現実を直視し、そして近未来をできるだけ正確に先見することで、これから起こりうるであろう様々な苦難も、既に我々が得た自信と勇気を持って乗り切っていけるという確信になっております。

先日、20周年記念事業の一環として上梓した本の終わりにも書いておきましたが、私が読んだ書中から心に残る片言隻句を書き留めてきたノートを見てまさにこれだと思ったこと、それは憲政の神様といわれた尾崎行雄の言葉です。逗子の披露山(ひろやま)公園の石碑になっているらしいですが、「人生の本舞台は常に将来に在り」という言葉です。

我々ＳＢＩグループの本舞台もまさに将来にあると思い、その将来を輝かしきものにするために新たな技術を積極的に導入し、新たなアイデアや新たなアライアンスを創出し、新たな人材の確保と育成にとりかかっていく所存でございます。

さて、私のご挨拶の終わりに臨みまして、参議院議員選挙期間中にもかかわらず、菅官房長官には第一部にビデオメッセージを、また第二部はご臨席を賜り、まさに選挙中の最も多忙を極める時にもかかわらず、錦上花を添えていただきましたこと厚く御礼を申し上げたいと思います。

また何分20年に一度という不慣れなことでもあり、不行き届きの点も多々あるかと思いますが、何卒ご宥恕(ゆうじょ)いただきたいと存じます。

そして今後とも一層のご後援ご鞭撻をいただきますことを幾重にもお願い申し上げ、本日の私のご挨拶と致したいと存じます。

誠に有難うございました。

ジャーナリストの影響力

（2018年12月20日）

記者の受難が世界に齎すもの

今年3月のブログで指摘した通り、メディアの最も重要な仕事は、物事を正しく伝えることであります。しかし基本的に、どれだけ正しい情報を伝えたとしても、その評価は受け手が情報について、関心を持っているか否かに大きく作用される話です。そもそも全く関心の無い事柄であれば、その情報が正しいか否かを気にもせずに、それはそれで御仕舞(おしまい)になるでしょう。

此の情報というものを正しく伝えるべく、正確な報道に努めるが為、反体制として殺されるようなジャーナリストは後を絶ちません。ここ1週間でも日本経済新聞に「記者の殺害、世界で増加　今年すでに63人 17年を上回る」（12月17日）や、「偽ニュース理由に記者投獄、2年で3倍 民間団体調べ」（12月14日）といった記事がありました。

例えば、米誌タイムより「今年の人（Person of the Year）」に選ばれたジャマル・カショギ氏は自分の命までもを犠牲にした結果、サウジアラビアという国自体および同国のムハンマド・ビン・サルマン皇太子に関し、沢山の人が「こんなにも危険なのか」等々の印象を持つこととなりました。

昨年10月、マルタで殺害されたダフネ・カルーアナ・ガリジア氏や、今年2月、スロバキアで射殺されたヤン・クツィアク氏、あるいはカショギ氏と共に「今年の人」に選出されたワ・ロン氏とチョー・ソウ・ウー氏（ミャンマーで拘束中）にしてもそうですが、殺されたとか捕まったとかといったことにより、色々な事柄が明るみに出たり、様々な事柄を人々に認識させたりする効果は著しく生じるのだと思います。

そういう意味でカショギ氏の件はジャーナリストとして、死んで本望だったのではという気がしないでもない位の話だと思います。彼のジャーナリストとしての活動は、死後に最高位に達したと言えるのかもしれません。それぐらい反体制であるとは、非常に危ないということでもありましょう。

我々情報を受け止める方としては、殆どの人が生前のカショギ氏を何ら認識していなかったのではないかと思います。私自身も実際そうで、彼が殺されて後、その殺害方法や皇太子関与の可能性等々、様々な報道がなされ、世界中で話題になって初めて関心を持って見るようになったわけです。

ですから率直に申し上げれば、彼の影響力というのは死んだことである意味大きくなったのかもしれません。気の毒な話ではありますが、往々にしてジャーナリストの殺害や投獄の類が起こった方が、情報の真偽につき、色々な人が関心を寄せたり、情報発信が盛んに行われたりするものです。それが良いとか悪いとかは別にして、その現実の難しさを今改めて思っているところです。

脱メモのすすめ

（２０１９年３月19日）

いかなる情報も、消化・体得が大事

拙著『逆境を生き抜く名経営者、先哲の箴言』（朝日新聞出版）の「第一章 逆境を生き抜いてきた名経営者の知恵と胆力」で、イトーヨーカ堂創業者の伊藤雅俊さんを御紹介しました。私が伊藤さんに何時も感心していたこととして、嘗てのブログの中で、次の通り述べました。

例えば私が野村證券時代にニューヨークで勤務していた時も、伊藤さんは訪米後すぐに様々な小売店の見学に向かわれ、そこで色々なものを見て勉強したこと全てを紙にメモされるといった具合で、常に紙を持ち歩き全部メモ書きして行くという、ある意味恐ろしい程の学びの姿勢を有する人が伊藤雅俊という御方です。

メモを取る・取らないは、夫々の自分に合った記憶の仕方と関連していると思います。伊藤さんの如くメモを取るのであれば、自分が重要だと選別した上でそれをメモにし、そのメモを始終見て行くことが大事です。メモを取っているだけで後に殆ど見ないのであれば、メモは取らずそれを覚えようとすべきであって、却ってその方が頭の中に残るのではないかと思います。

私自身はと言うと、昔から今日に至るまで手帳やメモ帳等を持つことはなく、ほとんど頭の中で処理してきました。要は何もかも覚えようとするのでなく、その時々で「覚えておくもの、覚えておく必要のないもの」を峻別し、更には覚えておくことが暫くの間は必要だとか、「長期で必要だと思えるもの、長期では別に必要ないと思えるもの」といった形で整理し、その上で記憶して行くわけです。

「これは覚えておかないと。後で必ず見よう」と思い溜めてきたデータやペーパーを1〜2年後に振り返って見た時に、その時点で大体が覚えておく意味が無かったものになっていた、という経験をされた人も多くおられるのではないでしょうか。大概はメモを取るのでなく、それを心に留め、その時々で頭の中に入れようと努力をする方が身に付く（知識・習慣・技術などが自分自身のものとなる）ような気がします。こうした仕方は訓練すれば出来ることで、メモに頼らねば自然とそういう風になるものです。もっとも、私の場合でも例外として、先哲の片言隻句を中心に書き留めたノートが一冊だけあります。

私はまた、本を読む場合でも読書ノートの類はほとんど作りません。「なるほど」と思う箇所のメモを取っても、それで終わっては何にもなりません。「じゃあ、自分はどうするのか」が、なければいけません。ですから私は、今よりベターな自分になるべく出来ることを決めて、行動に移すようにしています。即ち、知行合一であります。

書物から感銘を受け、多くの知識を得てメモしておいたとしても、その内容を自分自身が消化し、体得しなければ意味がないと思います。陽明学の祖・王陽明の『伝習録』に「知は行の始めなり。行は知の成るなり」とある通り、知と行とが一体になる知行合一でなくして真理には達し得ないのです。見識（知識を踏まえ善悪の判断ができるようになった状態）に勇気ある行動力が加わって初めて、胆識（胆力のある見識）になるのです。

物事の捉え方

（２０１９年４月24日）

時代が変われば、非常識も常識に

今月10日、これまで見ることができないとされてきたブラックホールの撮影に成功したことが、世界各国の科学者からなるチームにより発表されました。之は、「アルベルト・アインシュタイン（１８７９－１９５５年）が１９１５年に提唱した一般相対性理論を強く裏付けるとともに、新たな時代を切り開く成果だ」と報じられています。

ドナルド・トランプ米国大統領の６年程前のツイートに、此のアインシュタインの言葉とされる「The difference between stupidity and genius is that genius has its limits.」というものがあります。之が如何なる脈絡の中で発せられたものか分かりませんが、日本語に訳せば「愚かさと天才との差は、天才は限界（limits）を知っている」といった意味になりましょう。

現代の科学技術の発展は、古代から今日までの積み重ねです。重力を例に考えてみても、アイザック・ニュートン（1642－1727年）の万有引力の法則が説明していた時代もあれば、冒頭のアインシュタインの一般相対性理論がそれに代わって行く時代もありました。

あるいは、古代・中世の宇宙観である地球中心説「天動説」という一つの常識に対して、「地動説」という非常識的な太陽中心説を主張したガリレオ・ガリレイ（1564－1642年）が、「宗教裁判でその説を撤回させられたときに、つぶやいた」とされる「それでも地球は動いている」という言葉は、正にコペルニクス的転回でありました。

こうして人間の知識レベルと共に嘗ての常識が非常識といった形で塗り替えられ、そこに一つの新しい法則が発見されてきたのです。その過程で、ある時点では「天才」が物を言ったとしても馬鹿にされ、狂人として扱われるようにもなるわけです。

私は以前ある雑誌の取材で、「時代が変われば、非常識が常識に、不可能が可能に変わることがあります。時代に合わせて、柔軟に考えることが必要です」と話したことがあります。ある一時点では限界と見做されるかもしれない事柄も、右記の如く長い歴史の中で見たら、本当に限界と言えないかもしれません。

例えば、先に述べたニュートンの万有引力の法則自体も、ある意味、時代的な局面における大変な成果であって、次の進歩を齎す上で不可欠な進化でありました。ですからアインシュタイン的に考えれば、当該法則は実は、その時代の極限にまで達しており、その極限は次の時代に導くもので、その過程で見るとそれは限界（limits）となるのでしょう。

尤も私流に解釈すれば、「天才は人類を次代へと移すかもしれない大きな第一歩を知っており、そこを起点にして全く異次元の社会常識が訪れてくる可能性がある」といった表現になります。このように、どの時点・どの範囲・どの方向で物を捉えるかにより、その内容は著しく違ってくるということです。

西健一郎さんの急逝に思う

（2019年8月1日）

料理界の巨星堕つ

「京味」の大将（西健一郎さん、私は何時も大将と呼んでいる）が、7月26日に急逝されました。尤も、大将が大動脈弁狭窄症（大動脈弁の開放が制限されて狭くなった状態）を患い、手術を考えられている、という御話を私が初めて伺ったのは今年の1月29日。大将は「順天堂大学の天野篤教授に執刀して貰う」と言われていましたが、私は「80歳を超えた高齢でもありますから内視鏡の方が良いのではないですか」ということをその時申し上げ、次に京味で食事をした2月28日、大阪大学の澤芳樹教授を御招待し、大将に紹介しました。

澤教授からも大動脈弁狭窄症であれば内視鏡の方で、「慶應病院の教授など私が此の人ならと思う先生を何時でも紹介します」とか、「大阪まで出て来られるのであれば阪大で私が勿論やります」と言って頂きました。しかし、本人の意思は変わらず順大で開胸手術をやられることになり、私は「無事退院できればなぁ」というふうに思っていました。その後、二度ほど食事の時に元気そうな大将の御姿を見させて頂きましたが、残念ながら調子が悪くなったということで再度入院され、先週金曜日そのまま帰らざる人となりました。

私は、「日本料理の料理人として誰が一番か？」と聞かれたら何時でも「西さんが一番」と答えていました。西さんはそれ位の料理人だったわけですが、その料理人の元を辿れば御父様は西園寺公望公の御抱え料理人でありました。そうした状況の中で、「親父(おやじ)から『之ちょっと片して来い』と言われたらイコール『少し残っているのを味見しなさい』というようなつもりであったんだと思います」とは、西さんから直接伺ったエピソードです。その後、西さんは京都の「本家たん熊 本店」で修業され、そして、東京・新橋で「京味」を開かれることになりました。

大将が私によく言われていたのは、「日本料理はだしが一番大事なんです。だしは鰹と昆布。鰹は3年以上熟成させた鰹を掻いて使う。昆布は釧路の昆布。此の二つが基本です」ということです。東京でも3年以上熟成させた鰹を掻いて使う料理屋は殆ど無いと言われていました。またもう一つ印象に残っているのは、「どういう料理にするかは食材が教えてくれます。旬の野菜や魚がこういう料理にしなさいと教えてくれるんです」という言葉です。

大将は奇を衒ったようなnew cuisineタイプは嫌いでした。飽く迄も伝統に忠実に、食材と相談しながら、その確かな舌でベストなものを、というのが大将のやり方だったのです。正に日本料理界の巨星堕つということで、もう食べられなくなることが残念で仕方がありません。唯、西さんの下で13年間修行された「井雪」という銀座の日本食屋の大将も、西さんに大変忠実で、然も洗練された舌を御持ちです。

私が井雪に行く時は必ず大将に鯛の潮汁を所望するのですが、その潮汁はひょっとしたら西さんの域を超えたかもしれないと思う位です。全部が全部ではありませんが、出藍之誉（弟子が師よりもすぐれた才能をあらわすたとえ）と言っても良いような料理もあるわけです。料理は奥が深いものですから、とても西さんには追い付かないレベルかもしれませんが、ちゃんと西さんの後継者として弟子が育っているというのは私の唯一の期待であります。更に精進されて、西さんのレベルに達せられることを切に願っています。

西さん、長い間料理を食べさせて下さり、本当に有難う御座いました。心から御悔みを申し上げると共に、非常に質の良い着物を上手く着こなす奥様と御嬢様に心から哀悼の意を表したいと思います。誠に有難う御座いました。西さん、ゆっくり休んで下さい。そしてまた、天国で美味しいものを食べさせて下さいよ。さようなら。

〈著者紹介〉

北尾吉孝（きたお・よしたか）

1951年、兵庫県生まれ。74年、慶應義塾大学経済学部卒業。同年、野村證券入社。78年、英国ケンブリッジ大学経済学部卒業。89年、ワッサースタイン・ペレラ・インターナショナル社（ロンドン）常務取締役。91年、野村企業情報取締役。92年、野村證券事業法人三部長。95年、孫正義社長の招聘によりソフトバンクに入社。
現在、SBIホールディングス株式会社代表取締役社長。また、公益財団法人SBI子ども希望財団の理事、SBI大学院大学の理事長兼学長、社会福祉法人慈徳院の理事長も務める。
主な著書に『挑戦と進化の経営』（幻冬舎）、『これから仮想通貨の大躍進が始まる』（SBクリエイティブ）、『実践FinTech』『成功企業に学ぶ 実践フィンテック』（以上、日本経済新聞出版社）、『修身のすすめ』『強運をつくる干支の知恵』『ビジネスに活かす「論語」』『森信三に学ぶ人間力』『安岡正篤ノート』『君子を目指せ 小人になるな』『何のために働くのか』（以上、致知出版社）、『実践版 安岡正篤』（プレジデント社）、『出光佐三の日本人にかえれ』（あさ出版）、『仕事の迷いにはすべて「論語」が答えてくれる』『逆境を生き抜く名経営者、先哲の箴言』（以上、朝日新聞出版）、『日本経済に追い風が吹いている』（産経新聞出版）、『北尾吉孝の経営問答！』（廣済堂出版）、『中国古典からもらった「不思議な力」』（三笠書房）、『日本人の底力』『人物をつくる』『不変の経営・成長の経営』（以上、PHP研究所）など多数。

心(こころ)を洗(あら)う

2019年11月8日　初版第1刷発行

著者　北尾吉孝
発行人　佐藤有美
編集人　大澤義幸

ISBN978-4-7667-8621-7

発行所　株式会社　経済界
〒107-0052　東京都港区赤坂1-9-13 三会堂ビル
出版局　出版編集部☎03（6441）3743
出版営業部☎03（6441）3744
振替 00130-8-160266
http://www.keizaikai.co.jp

印刷　㈱光　邦